अहंकार को करें
बाय-बाय

अहंकार को करें बाय-बाय

राजेश अग्रवाल

प्रभात
पेपरबैक्स
www.prabhatbooks.com

प्रकाशक

प्रभात पेपरबैक्स

4/19 आसफ अली रोड, नई दिल्ली–110002

फोन : 23289777 • हेल्पलाइन नं. : 7827007777

इ–मेल : prabhatbooks@gmail.com ❖ वेब ठिकाना : www.prabhatbooks.com

संस्करण

प्रथम, 2020

मूल्य

एक सौ पचहत्तर रुपए

अ.मा.पु.स. 978-93-5322-321-2

मुद्रक

आर–टेक ऑफसेट प्रिंटर्स, दिल्ली

AHANKAR KO KAREN BYE-BYE
by Shri Rajesh Aggarwal

Published by **PRABHAT PAPERBACKS**
4/19 Asaf Ali Road, New Delhi-110002

ISBN 978-93-5322-321-2

₹175.00

अपनी बात

अहंकार मनुष्य का ही नहीं, यहाँ तक कि सारी मानवता का एक बड़ा शत्रु है। रावण ने अपने अहंकार के चलते अपने पूरे कुल का अपने हाथों नाश करा लिया—इक लख पूत सवा लख नाती, ता रावण घर दिया न बाती।

अहंकार रूपी शत्रु का विरोध सभी करेंगे, लेकिन जहाँ अपने भीतर छिपे बैठे अहंकार रूपी शत्रु को मारने की बात आएगी, सब बगलें झाँकने लगेंगे। क्योंकि किसी-न-किसी रूप में अहंकार रूपी शत्रु हम सभी के अंदर छिपा होता है और जब-तब मौका देखकर सिर उठा लिया करता है। इसका पूरी तरह दमन करना असंभव तो नहीं, लेकिन कठिन जरूर है। लेकिन इसका मतलब यह नहीं है कि हम इसके दमन का प्रयास करना ही छोड़ दें। अहंकार के छोटे-बड़े कई रूप हो सकते हैं। अगर आप महँगा मोबाइल हाथ में दिखाते हुए घूमते हैं तो इसे भी अहंकार का ही एक रूप कहा जाएगा। अहंकार के प्रदर्शन से व्यक्ति की सामान्य जीवनचर्या और पेशेवर जीवन में असफलता हाथ लग सकती है, मानसिक कष्टों का सामना करना पड़ सकता है। यही कारण है कि संतों, ऋषि-मुनियों और महापुरुषों ने अहंकार का निषेध करने की हिदायत दी है।

अहंकार का निषेध करना जरा भी कठिन नहीं है। बस सकारात्मक जीवनशैली अपनाकर हम अपने अहंकार पर पूरी तरह काबू पा सकते हैं। हमारे धर्म-शास्त्रों में अहंकार और उससे उपजने वाले कष्ट-क्लेशों को

अनेक कथा-कहानियों, वृत्तांतों, संस्मरणों के माध्यम से दिग्दर्शित किया गया है। स्वयं भगवान् श्रीकृष्ण ने अर्जुन, भीम, गरुड़ इत्यादि के अहंकार को चूर करने के लिए लीलाएँ रचीं। श्रीराम ने हनुमानजी के अहंकार को दूर करने के लिए लीला रची। वेद, पुराण, उपनिषद् इत्यादि ग्रंथों में ऐसी अनेक कथाएँ दी गई हैं। सभी में अहंकार से दूर रहने की बात कही गई है, जो मनुष्य-जीवन में सफलता के लिए अनिवार्य भी है।

प्रस्तुत पुस्तक में अहंकार से उपजनेवाली कुंठा, दुष्प्रभाव व अन्य बुराइयों का वर्णन और उनके निवारण के उपाय सुझाए गए हैं। अनेक पौराणिक कथाओं द्वारा भी अहंकार के निषेध के बारे में बताया गया है। अहंकार की विश्रांति हेतु यह एक उपयोगी पुस्तक है।

—राजेश अग्रवाल

अनुक्रम

1

यथार्थ जीवनयापन

यदि आनंद से रहना चाहते हैं तो अहंकार को दूर रखें। यदि धनवान बनने की इच्छा हो तो दरिद्रता के विचारों से मुक्ति प्राप्त करें। जिन बातों से मन में दु:ख पैदा होता है, उनके संपर्क में आने से सदैव दूर रहें। ऐसी बातें आपकी महत्त्वाकांक्षा की पूर्ति के मार्ग की स्थायी बाधाएँ हैं। यदि आप वास्तव में दु:खी भी हों, तो ऐसा अभिनय कीजिए कि आप बेहद सुखी व संतुष्ट हैं। कभी-कभार सहकर्मी के साथ ठहाके लगाने में भी कोई बुराई नहीं है। याद रखिए, यदि आप रोते हैं तो आपके साथ कोई नहीं रोएगा। हाँ, यदि आप हँसते हैं तो हो सकता है कि कुछ लोग आपकी हँसी में शामिल होने के लिए साथ आ जाएँ।

यदि आपने ठोकर खाई है तो उस पल आपके मन में अवश्य ही अहंकार पल रहा होगा। यदि हम अपने थोथे व मिथ्या अहंकार का उन्मूलन करके देखें तो हमारा अंत:करण समाज के अंत:करण का पूरक बन जाएगा और यदि सबके साथ एकता का अनुभव करके देखें तो हमारा अकेलापन भी समाप्त हो जाएगा।

यद्यपि अधिकतर लोग यह बात स्वीकार करते हैं कि अहंकार से दूरी एक बड़ा गुण है, फिर भी उनमें से बहुत लोग इसे सुदृढ़ करने के लिए कुछ नहीं करते हैं, जिसका कारण यह हो सकता है कि वे जानते ही

नहीं कि ऐसा कैसे किया जाए। इसके कामों के बारे में पढ़ने और विचार करने से और अहंकार से दूर रहना क्यों आवश्यक है, उन कारणों के बारे में जानने से इस क्षमता के विषय में आपका रवैया बदल सकता है।

आप कभी भोजन करते समय गरम आलू मुँह में रख लेते हो, तो भी उसे थूकते नहीं। जलता है मुँह, तो भी अहंकार कहता है अब सब के सामने इसे बाहर थूकना कैसे संभव है। मुँह जल जाए, लेकिन आप आलू को भी किसी तरह गटक जाते हो। और ऐसा कोई गरम आलू के साथ ही नहीं है। यह तो आपके जीवन का दृष्टिकोण है। आपने जो चुन लिया वह गलत कैसे हो सकता है ? आप उसे थूककर कैसे स्वीकार करोगे कि आपसे भूल हो गई। आपसे और कहीं भूल होती है ? तो जलता होता है मुँह, तो भी आप चेहरे पर प्रसन्नता बनाए रखते हैं।

❑

2

झुकना सीखें

सच्चा काम अहंकार और स्वार्थ को छोड़े बिना नहीं होता। इसलिए सदैव अहंकाररहित रहने का प्रयास किया जाना चाहिए। हमारी एक विनम्र मुसकराहट अनेक मुसकराहटों में बदल जाएगी, जो वातावरण को भी प्रसन्नचित्त बना देगी। यही सफलता एवं सकारात्मक सोच का रहस्य है। अतएव सफलता एवं सकारात्मक सोच का मूलमंत्र यही है।

सामान्यत: देखने में यह आता है कि जब हम झुकने को तैयार नहीं होते तो अहंकार से भर जाते हैं। हम अहंकार इसलिए करते हैं, क्योंकि हमें उनसे डर लगता है अथवा हम सोचते हैं कि हमारा उन्होंने तिरस्कार किया है। हमारे अहंकार की वजहें, असंगत बातें, गलत व्यक्ति या गलत कारण हैं।

जब हम अहंकार से ओत-प्रोत होते हैं तो हमारा ध्यान लगातार अहंकारी विचारों में अटका रहता है और इस तरह वे हमारा समय व हमारी ऊर्जा महत्त्वहीन तथा बेकार बातों पर बरबाद करते हैं। वास्तव में हमारे जीवन पर वही शासन करता है। अहंकार की इस गुलामी के हम इतने आदी हो जाते हैं कि हम उसे निश्चित मान लेते हैं और कुछ अवसरों को छोड़कर हम इस आदत से अनजान बने रहते हैं। यह प्रवृत्ति हमें गर्त में ले जाती है।

हमारी जीवन पद्धति पर हमेशा श्रेष्ठ विचारों एवं सद्गुणों का शासन होना चाहिए। हमें इस दिशा में सदा प्रयत्नशील तथा सतर्क रहना चाहिए कि दुर्गुणता या बुरे विचार कभी हमारे मन पर प्रभावी न हों। हमें रचनात्मकता या धनात्मकता के विपरीत विचारों से सदा ही अपनी रक्षा करनी चाहिए। जब हम भूमि में अच्छा बीज बोते हैं, अच्छी खाद और उचित पानी देते हैं एवं मौसम भी ठीक रहता है तो पौधे के अंकुर फूटने से लेकर फलयुक्त होने तक की सभी क्रियाएँ भली प्रकार संपन्न होती हैं। व्यवहार में शालीनता, दूसरों के प्रति अहंकाररहित विनम्रता तथा अपनी समझ को विकसित करके हम अपनी सोच को बदल सकते हैं, जिसके निश्चित ही सकारात्मक परिणाम आते हैं।

जब हम भूमि में अच्छा बीज बोते हैं, अच्छी खाद और उचित पानी देते हैं एवं मौसम भी ठीक रहता है तो पौधे के अंकुर फूटने से लेकर फलयुक्त होने तक की सभी क्रियाएँ भली प्रकार संपन्न होती हैं। व्यवहार में शालीनता, दूसरों के प्रति अहंकाररहित विनम्रता तथा अपनी समझ को विकसित करके हम अपनी सोच को बदल सकते हैं, जिसके निश्चित ही सकारात्मक परिणाम आते हैं।

लंका पर चढ़ाई करने के लिए भगवान् राम जब सेतुबंधन का कार्य करा रहे थे, समुद्र के किनारे उन्होंने नवग्रह और शिवलिंग की स्थापना का विचार किया। इसके लिए उन्होंने हनुमानजी को काशी से शिवलिंग लाने के लिए प्रेषित किया। काशी में भोलेनाथ ने हनुमानजी से कहा, "वत्स हनुमान! तुम ही मेरे इस प्रतीक लिंग को समय पर दक्षिण में पहुँचा सकते हो। महर्षि अगस्त्य वहाँ मेरी प्रतीक्षा में हैं। तुम तुरंत वहाँ पहुँचो।"

यह सुनकर हनुमान को अहंकार ने घेर लिया। उन्होंने सोचा, 'केवल मैं

ही यह कार्य कर सकता हूँ।' यहाँ हनुमान ने यह सोचा, वहाँ श्रीराम ने उनके मनोभाव को भाँप लिया और उनके अहंकार को समाप्त करने के लिए बालू (रेत) का शिवलिंग बनाकर स्थापित कर दिया। हनुमान ने आकर देखा तो वहाँ शिवलिंग की स्थापना हो चुकी थी। उन्होंने अहंकार में भरकर श्रीराम से कहा, "भगवन्! यदि आपको बालू का ही शिवलिंग स्थापित करना था तो मुझे काशी क्यों भेजा? प्रभु! आपने मेरी भक्ति का उपहास किया।"

यह सुनकर श्रीराम ने शांत भाव से मुसकराकर कहा, "शुभ मुहूर्त व्यतीत हो रहा था, इसलिए मैंने यह शिवलिंग स्थापित कर दिया, परंतु तुम्हारा परिश्रम व्यर्थ नहीं होगा। तुम इसे हटा दो। मैं तुम्हारा शिवलिंग स्थापित कर देता हूँ।"

हनुमान प्रसन्न होते हुए उस शिवलिंग की ओर बढ़े। लेकिन बहुत प्रयास करने पर भी उसे उखाड़ नहीं सके। इस प्रकार उनके अहंकार का नाश हुआ और उन्होंने तुरंत श्रीराम से क्षमा माँग ली।

❑

3

अहंकार मिथ्याभिमान

'काम', 'क्रोध', 'लोभ', 'मोह' और 'अहंकार' को हमारे पाँच विकारों में गिना जाता है। किसी व्यक्ति के पास जब कोई विशेष पदार्थ अथवा गुण आ जाए तो वह अपने आप को सबसे श्रेष्ठ समझने लगता है, इसे अहंकार कहते हैं। अहंकार मनुष्य को पतन की ओर ले जाता है। अहंकार के कई कारण होते हैं, जैसे—राजनीतिक सत्ता, संपत्ति, पदवी, ज्ञान, शिक्षा, सामाजिक प्रतिष्ठा, शारीरिक बल, सौंदर्य आदि।

संसार में लोगों की अनगिनत इच्छाएँ होती हैं और उनकी पूर्ति के लिए व्यक्ति जीवन भर प्रयत्नशील रहता है। जब इन इच्छाओं की पूर्ति हो जाती है और व्यक्ति जब उन योग्यता आदि से युक्त हो जाता है, तब व्यक्ति के अंदर अहंकार उत्पन्न हो जाता है।

अहंकार एक पदार्थ का नाम भी है, जिसे ईश्वर ने हम सब जीवात्माओं के लिए इस सृष्टि के निर्माण के समय बनाया है। सांख्य दर्शन के अनुसार ईश्वर जब सत्त्व-रज-तम रूप मूल-प्रकृति से सृष्टि की रचना करता है तो पहली वस्तु महत्त्व अर्थात् बुद्धि नामक तत्त्व को बनाता है, जिसके माध्यम से हम किसी भी विषय में निर्णय करते हैं। उसके पश्चात् इस अहंकार नामक वस्तु का निर्माण करता है, जिसके

माध्यम से हम अपने आपको अनुभव करते हैं। यदि ईश्वर यह अहंकार ही बनाकर न दे तो हम इतना भी जान नहीं सकते कि "मैं हूँ।" अपने आप को जानने का यह एक साधन मात्र है।

इस साधन के अतिरिक्त अहंकार एक और ऐसी वस्तु है, जब व्यक्ति मिथ्याभिमान के कारण यह कहता है कि "मैं ही हूँ।" जिसे हम अहंकार, घमंड, गर्व और अभिमान आदि शब्दों से कहते या व्यवहार करते हैं।

अहंकार का मुख्य कारण है अविद्या, अज्ञानता। वास्तव में हमें अपने स्वरूप के विषय में अज्ञानता रहती है और अपने आपके प्रति व्यक्ति अधिक आसक्त हो जाता है, कुछ भी भौतिक उन्नति कर लेता है तो उसे व्यक्ति अपने साथ जोड़ लेता है और उसे अपना ही स्वरूप व स्वभाव मान लेता है। यदि किसी के पास क्रोध और अहंकार हैं तो उसे किसी दूसरे शत्रुओं की आवश्यकता नहीं है, क्योंकि ये ही उस व्यक्ति का समूल नाश करने के लिए पर्याप्त हैं। क्योंकि किसी ने कहा भी है कि "घमंड न करना जिंदगी में तकदीर बदलती रहती है, शीशा वही रहता है बस तसवीर बदलती रहती है।"

अहंकार का मुख्य कारण है अविद्या, अज्ञानता। वास्तव में हमें अपने स्वरूप के विषय में अज्ञानता रहती है और अपने आपके प्रति व्यक्ति अधिक आसक्त हो जाता है, कुछ भी भौतिक उन्नति कर लेता है तो उसे व्यक्ति अपने साथ जोड़ लेता है और उसे अपना ही स्वरूप व स्वभाव मान लेता है।

यदि हम एक प्याज के बारे में विचार करते हैं तो, जब हम उसे छीलते हैं, तो उसमें से एक के बाद एक परत निकलती जाती है, क्योंकि उसके अंदर कोई गूदा ही नहीं होता है। इससे पृथक् उसका अपना कोई अलग स्वरूप होता ही नहीं है, इस प्रकार जीवात्मा का जो कुछ भी अर्जित

किया हुआ है, वह सबकुछ उसके अपने स्वरूप से अलग ही है और सदा अलग ही रहेगा, वह सबकुछ कभी भी उसका अपना हो ही नहीं सकता। जिस पर हम घमंड करते या अहंकार महसूस करते हैं, अर्थात् हम उन उपलब्धियों से, योग्यताओं से, सफलताओं से अपने आपको जुड़ा हुआ मानते हैं। प्रत्येक व्यक्ति के पास अपने-अपने क्षेत्र में काम, सफलता, परिवार या प्रसिद्धि, पद-प्रतिष्ठा, धन-संपत्ति, मान-सम्मान आदि से संबंधित मिथ्याभिमान, गर्व, घमंड या अहंकार होता है। अहंकार एक व्यक्ति या दूसरे व्यक्तियों के बीच अंतर पैदा करता है। प्रत्येक व्यक्ति बिना नाम और पहचान के ही पैदा होता है। वह भूल जाता है कि वह मूल रूप से ईश्वर की ही एक रचना है और जो कुछ भी योग्यता प्राप्त की है, वह सब इसी सृष्टि में ही ईश्वर की कृपा से प्राप्त की है।

❑

4

अहंकार से मुक्त कौन

व्यक्ति अहंकार से ग्रस्त क्यों होता है ? उसके मुख्य कारण हैं मूर्ख व्यक्ति को अल्प ज्ञान की प्राप्ति हो जाना, अन्यायी-अधर्मी को शारीरिक बल और कंजूस व्यक्ति को धन-वैभव की प्राप्ति हो जाना। लेकिन जो व्यक्ति इन सब योग्यताओं, उपलब्धियों, सफलताओं को प्राप्त करते हुए भी वैदिक योग्य गुरुओं के सान्निध्य में रहकर आध्यात्मिक शुद्ध ज्ञान प्राप्त कर तद्नुसार व्यवहार करता है और वैदिक शास्त्रों का अध्ययन, ईश्वर के प्रति समर्पण, ईश्वर के गुण तथा महिमा का स्मरण, मंत्रों का जप करना तथा अपने से अधिक योग्य व्यक्तियों को देखना आदि कार्य करता है, तो उसमें अहंकार बहुत कम होता है अथवा धीरे-धीरे नष्ट हो जाता है। जो योगाभ्यासी होता है, वह सबकुछ प्राप्त ज्ञान, बल, सामर्थ्य, योग्यता आदि का मूल स्रोत ईश्वर को ही स्वीकार करते हुए अपने वास्तविक स्वरूप को स्मरण करते हुए अहंकार को छोड़कर विनम्रता से युक्त हो जाता है, वही व्यक्ति अहंकार से मुक्त हो जाता है।

यदि हममें किसी विषय को लेकर अधिक अहंकार भरा हुआ है, तो उसी मिथ्या अहंकार के कारण कभी हमें अत्यधिक दुःख और हानि का सामना भी करना पड़ता है। यदि किसी एक सुंदर व्यक्ति या महिला की

समय के साथ-साथ सुंदरता नष्ट होती जाती है और वृद्धावस्था आती जाती है या बीमार हो जाती है तो वह उसे अपने अहंकार के कारण स्वीकार ही करना नहीं चाहता या चाहती और दु:खी हो जाते हैं। और इसी प्रकार अगर कोई धन-संपन्नता से युक्त व्यक्ति की अचानक किसी कारणवश ऐश्वर्य-संपन्नता नष्ट हो जाए तो वह उस स्थिति को सहन नहीं कर पाता और इसके लिए अत्यंत दु:खी हो जाता है, क्योंकि उसने अपनी अहंकार से मिथ्या-मान्यता बना रखी है कि मैं ही सबसे संपन्न व्यक्ति हूँ और सदा ऐसा ही रहूँगा, कभी भी विपन्नता नहीं आएगी। कभी-कभी अहंकार की वजह से व्यक्ति को, जो मानसिक दु:ख प्राप्त होता है; वह शारीरिक कष्ट से भी कहीं ज्यादा असहनीय होता है।

अगर कोई धन-संपन्नता से युक्त व्यक्ति की अचानक किसी कारणवश ऐश्वर्य-संपन्नता नष्ट हो जाए तो वह उस स्थिति को सहन नहीं कर पाता और इसके लिए अत्यंत दु:खी हो जाता है, क्योंकि उसने अपनी अहंकार से मिथ्या-मान्यता बना रखी है कि मैं ही सबसे संपन्न व्यक्ति हूँ और सदा ऐसा ही रहूँगा, कभी भी विपन्नता नहीं आएगी। कभी-कभी अहंकार की वजह से व्यक्ति को, जो मानसिक दु:ख प्राप्त होता है; वह शारीरिक कष्ट से भी कहीं ज्यादा असहनीय होता है।

एक भिखारी था। वह न ठीक से खाता था, न पीता था; जिस वजह से उसका बूढ़ा शरीर सूखकर काँटा हो गया था। उसकी एक-एक हड्डी गिनी जा सकती थी। उसकी आँखों की ज्योति चली गई थी। उसे कोढ़ हो गया था। बेचारा रास्ते के एक ओर बैठकर गिड़गिड़ाते हुए भीख माँगा करता था। एक युवक उस रास्ते से रोज निकलता था। भिखारी को देखकर उसे बड़ा बुरा लगता। उसका मन बहुत ही दु:खी होता। वह सोचता, 'वह

क्यों भीख माँगता है? जीने से उसे मोह क्यों है? भगवान् उसे उठा क्यों नहीं लेते?'

एक दिन उससे नहीं रहा गया। वह भिखारी के पास गया और बोला, "बाबा, तुम्हारी ऐसी हालत हो गई है, फिर भी तुम जीना चाहते हो? तुम भीख माँगते हो, पर ईश्वर से यह प्रार्थना क्यों नहीं करते कि वह तुम्हें अपने पास बुला ले?"

भिखारी ने मुँह खोला, "भइया, तुम जो कह रहे हो, वही बात मेरे मन में भी उठती है। मैं भगवान् से बराबर प्रार्थना करता हूँ, पर वह मेरी सुनता ही नहीं। शायद वह चाहता है कि मैं इस धरती पर रहूँ, जिससे दुनिया के लोग मुझे देखें और समझें कि एक दिन मैं भी उनकी ही तरह था, लेकिन वह दिन भी आ सकता है, जबकि वे मेरी तरह हो सकते हैं, इसलिए किसी को अहंकार नहीं करना चाहिए।"

लड़का भिखारी की ओर देखता रह गया। उसने जो कहा था, उसमें कितनी बड़ी सच्चाई समाई हुई थी। यह जिंदगी का एक कड़वा सच था, जिसे मानने वाले प्रभु की सीख भी मानते हैं।

❑

5

महाभारत में अहंकार का निषेध

अहंकार एक ऐसा दोष है कि बहुत सूक्ष्म भाव से भी व्यक्ति के अंदर घर किए रहता है। जब व्यक्ति योगाभ्यास करते हुए ऊँची स्थिति को प्राप्त कर लेता है और अनेक प्रकार के दोषों को छोड़ देता है, शांत, सरल, विनम्र, ईर्ष्या-द्वेषरहित, क्रोधरहित बन जाता है तो भी उसको अहंकार हो जाता है कि हमने ऐसी ऊँची स्थिति को प्राप्त कर लिया है। अतः इस दोष को बहुत ही सूक्ष्मता से निरीक्षण करके ईश्वर की सहायता से सब संस्कारों को नष्ट करना होता है, उसके पश्चात् ही हम ईश्वर के आनंद में मग्न होने के अधिकारी बन पाते हैं। महाभारत में अहंकार का निषेध करते हुए बताया गया है कि—

मात्मना विस्मयं गमः। अपने आप पर गर्व मत करो।

दोशान् स्वान् नार्हसेन्यस्मै वक्तुं स्वबलदर्पितः। अपने बल के अहंकार में अपने दोष दूसरों पर नहीं लगाने चाहिए।

मानाभिभूतानपचिराद् विनाशः समपद्यत्। जो अहंकार से लिप्त थे, उनका शीघ्र ही विनाश हो गया।

मानं हित्वा प्रियो भवति। अहंकार को त्याग देने से व्यक्ति सबका प्रिय हो जाता है।

शूरोस्मि न दृप्तः स्याद् बुद्धिमानीति वा पुनः। शूरवीर हूँ या बुद्धिमान्

हूँ, यह मानकर अहंकार नहीं करना चाहिए।

अहंकार: श्रियं हंति पुरुषस्याल्पमेधस:। अहंकार अल्पमति व्यक्ति की लक्ष्मी का नाश करता है।

हंति मानो महद्यश:। अहंकार महान् यश का नाश करता है।

एक समय की बात है, एक बार दाँत और जीभ में भयंकर युद्ध छिड़ गया। दाँत ने जीभ से कहा, "अरे! तुम सिर्फ मांस के लोथड़े हो। तुम में तो कोई भी खूबी नहीं है। न ही तुम्हारा कोई रूप है और न ही कोई रंग। हमारे सभी दाँतों को देख रहे हो, कैसे मोतियों जैसे चमक रहे हैं।"

जीभ बेचारी ने कुछ नहीं कहा, चुप रही।

दाँत ने फिर उकसाया, "अरे, तुम चुप क्यों हो! हमसे डरती हो? हम हैं ही इतने सुंदर, तुम हमसे जलोगी ही न। और हम हैं इतने मजबूत कि डर तो तुम्हें लगेगा ही।"

जीभ इस बार भी दाँत की बातों को अनसुना करते हुए चुप ही रही।

दिन बीतते रहे। समय अपनी रफ्तार के साथ आगे बढ़ता गया और देखते-ही-देखते कई वर्ष बीत गए।

उम्र ढलने के साथ एक-एक करके दाँत गिरते गए, वहीं जीभ ज्यों-की-त्यों बनी रही। अब कुछ बचे हुए दाँत जब गिरने को हुए तो जीभ ने दाँत से कहा, "भैया, बहुत दिन पहले आपने मुझसे कुछ पूछा था। आज उत्तर दे रही हूँ। इस मुँह में आप सब दाँत मुझसे बहुत बाद में आए थे। मैं तो जन्म के साथ ही पैदा हुई हूँ। आयु

जीभ ने दाँत से कहा, "भैया, बहुत दिन पहले आपने मुझसे कुछ पूछा था। आज उत्तर दे रही हूँ। इस मुँह में आप सब दाँत मुझसे बहुत बाद में आए थे। मैं तो जन्म के साथ ही पैदा हुई हूँ। आयु में भी तुम मुझसे बहुत छोटे हो, लेकिन छोटे होने के बावजूद एक-एक करके तुम सब मुझसे पहले विदा हो रहे हो! इसका कारण पता है?"

में भी तुम मुझसे बहुत छोटे हो, लेकिन छोटे होने के बावजूद एक-एक करके तुम सब मुझसे पहले विदा हो रहे हो! इसका कारण पता है?"

दाँत विनम्र भाव से बोला, "दीदी, अब तक तो नहीं समझते थे, पर अब बात समझ में आ गई। तुम कोमल और मुलायम हो और हम कठोर और अहंकारी—सबको चबा डालने वाले। अहंकारी होने का दंड ही हमें मिला है।"

किसी भी दशा में अपनी शक्ति पर अहंकार न करें। यह बहुरुपिया आकाश हर पल सहस्रों रंग बदलता है। जो अहंकार करते थे, वही अपने अहंकार के कारण गिरे, इसलिए किसी को बहुत अहंकार नहीं करना चाहिए। अहंकार ही हार का द्वार है। अहंकार ही पराभव का द्वार है। पत्थर के खंभे की तरह जीवन में कदापि न झुकने वाला अहंकार आत्मा को नरक गति की तरफ ले जाता है। जिसे होश है, वह कभी अहंकार नहीं करता। अहंकारी आदमी प्राय: शक्की हुआ करता है।

❑

6

अहंकार बुरी बला

अहंकार ऐसा दुर्गुण है, जो यदा-कदा मनुष्य को जकड़ लेता है। अहंकार बुरी बला की तरह है। अहंकार वास्तव में एक बला है, जो एक बार पीछे पड़ जाए तो उससे बचना मुश्किल हो जाता है।

थोड़ा सा अहंकार बड़ी हानि करवा बैठता है। यहाँ तक कि हत्या, डकैती, अपहरण तक। अहंकार पैदा होते ही मनुष्य को मित्रता, रिश्ते-नाते आदि किसी का ध्यान नहीं रहता। बस उसे वही वस्तु सर्वोपरि दिखाई देती है, जिसके कारण उसके मन में अहंकार समाया हो। अहंकार मनुष्य की मनुष्यता छीन लेता है। इसके कारण मनुष्य राक्षसी प्रवृत्ति का हो जाता है और छीना-झपटी, छल-कपट आदि में उलझकर जीवन का उद्‌देश्य भूल बैठता है।

अहंकार और मनुष्य के मध्य केवल इतनी दूरी है—

"मैंने उसको देखा, अहंकार ने मुझको देखा।"

यहाँ उसको से तात्पर्य वह वस्तु आदि है, जिसके प्रति व्यक्ति आकर्षित हुआ अर्थात् जिसे देखकर उसके मन में अहंकार ने घर किया। अहंकार अपने में मुख्यतः तीन अवगुणों को छिपाए हुए है—

लाचारी। लड़ना-झगड़ना। चपलता।

पहला अवगुण—लाचारी। अहंकार समाने पर वह मनुष्य की लाचारी

बन जाती है, क्योंकि वह बिना उस वस्तु को लिये मानता नहीं है। जब तक वह उस वस्तु को प्राप्त नहीं कर लेता, तब तक उसे प्राप्त करने के तरीके सोचता रहता है। इसके लिए वह ओछे हथकंड़े अपनाता है, मार-पिटाई करता है, स्वयं मुसीबत मोल लेता है और दूसरों को भी उसमें घसीटता है।

लड़ना-झगड़ना अहंकार का दूसरा अवगुण है, जो उसे प्राय: लड़ने-झगड़ने पर उतारू रखता है। अहंकारी व्यक्ति एक तरह से लुटेरा ही बन जाता है, क्योंकि वह सभी कुछ अपना बनाना चाहता है। साम, दाम, दंड, भेद वाली नीति में से दाम छोड़कर वह सभी प्रकार की नीति अपनाता है। बहुत ही कम मौकों पर दाम की नीति अपनाता है। वह बस सपनों की दुनिया में रहता है कि कहाँ से मैं क्या प्राप्त करूँ। उसका सफलता-असफलता से कुछ लेना-देना नहीं होता। ऐसा व्यक्ति जीवन में असफल होता है।

अहंकारी व्यक्ति एक तरह से लुटेरा ही बन जाता है, क्योंकि वह सभी कुछ अपना बनाना चाहता है। साम, दाम, दंड, भेद वाली नीति में से दाम छोड़कर वह सभी प्रकार की नीति अपनाता है। बहुत ही कम मौकों पर दाम की नीति अपनाता है। वह बस सपनों की दुनिया में रहता है कि कहाँ से मैं क्या प्राप्त करूँ। उसका सफलता-असफलता से कुछ लेना-देना नहीं होता। ऐसा व्यक्ति जीवन में असफल होता है।

तीसरा अवगुण है—चपलता। चपल व्यक्ति की बातों में सत्यता तो नाममात्र के लिए भी नहीं होती। चपलता मनुष्य को चापलूस बनाती है, जिसके कारण अहंकारी व्यक्ति अपने अहंकार को पूरा करने के लिए उस व्यक्ति की चापलूसी में लग जाता है, जिससे उसका अहंकार पूरा हो अथवा उसका काम निकले। वह सोते-जागते उसके आगे-पीछे रहेगा। फिर अपना काम निकालते ही वह उसे भूल जाएगा कि वह कौन था। लेकिन यदि पुन: उससे

काम पड़ जाए तो वह पुनः जाकर उसके पैर पकड़ लेगा। उसकी बड़ाई करेगा, जब तक स्वयं का काम न निकल जाए।

इस तरह अहंकार अपने में इन तीन अवगुणों को छिपाए है। देखने-पढ़ने में यह चार अक्षरों का शब्द है, लेकिन इस शब्द का विश्लेषण किया जाए तो यह मनुष्य जीवन के लिए सर्वाधिक विनाशक सिद्ध होता है। थोड़े से अहंकार के पीछे मनुष्य का अधिकतम नुकसान होता है।

इसलिए अहंकार नामक दुर्गुण से दूर रहना अत्यंत आवश्यक है विशेषकर उन लोगों के लिए, जो जीवन में आगे बढ़ना चाहते हैं, कुछ करना चाहते हैं अर्थात् सफल होना चाहते हैं।

❑

7

क्षमताओं पर अहंकार नहीं

अपनी क्षमताओं के बारे में कभी अहंकार न करें। अहंकार के कारण आप भूल जाते हैं कि आप एक इनसान हैं और यह भी कि कोई भी मनुष्य पूर्ण नहीं है। दूसरे शब्दों में मिथ्याभिमान आपको भुला देता है कि आप भी भूल करते हैं और यह भी कि आप में कुछ दोष हैं, जिन्हें दूर करना जरूरी है। इसे चाहे शुद्धीकरण प्रक्रिया कहें या आत्म-चिंतन कहें या आत्म-सुधार कहें, जो भी नाम देना चाहें दे सकते हैं; लेकिन आपको अपने अंदर झाँकना होगा और देखना होगा कि आपकी क्या-क्या कमजोरियाँ हैं और किन दोषों से पीछा छुड़ाना है, इससे पहले कि बहुत देर हो जाए। इसे आपके चरित्र को यदा-कदा छानने की प्रक्रिया कहा जा सकता है, जो एक अच्छी चीज है। ऐसा कभी न सोचें कि उन कमजोरियों का होना बहुत बुरा या भयंकर या लज्जाजनक है। इसके विपरीत, वे मानवीय अपूर्णता का प्रमाण हैं, जो स्वाभाविक है। इसलिए अपनी कमजोरी पर खिलखिलाएँ, ताकि आप जीवन में आगे बढ़ सकें और तरक्की कर सकें। कहने का मतलब यह है कि अपनी क्षमताओं को बाधाओं के रूप में न देखें, उससे जीवन में आपकी प्रगति में रुकावट पड़ेगी, अपनी कमजोरी को अपनी ताकत में बदलने का प्रयास करें और याद रखें कि अपने दोषों व कमजोरियों को

पहचानना अपनी सामर्थ्य, अपनी शक्ति का दावा करने की ओर पहला बड़ा कदम साबित होता है।

अहंकार ऐसा द्वार है कि आप एक बार द्वार में प्रविष्ट हो जाओ तो लौटना आपका अपने ही कारण मुश्किल हो जाएगा। क्योंकि दुनिया में भद्द होगी; लोग हँसेंगे कि तुम गए और वापस लौट आए! फिर तो आगे ही आगे आप चलते जाते हो। पीछे लौटना अहंकार को बहुत मुश्किल है। इसी तरह तो आप अहंकार के संसार में गहरे उतर गए हैं।

अहंकार में भावनात्मक एवं शारीरिक परिवर्तन दोनों शामिल रहते हैं। व्यक्ति जब अहंकार या घबराहट में होता है तो सजीव कोशिकाओं से एक तरह का हॉर्मोन निकलता है, जिसे 'ऐड्रिनल' कहते हैं। ऐड्रिनल जैसे रसायन छोड़े जाने पर आपके शरीर से भारी मात्रा में ऊर्जा प्रवाहित होती है। अहंकार का कारण हल हो जाने पर भी आपको उसके शारीरिक प्रभावों से निपटना पड़ सकता है (ताकि आप अतिरिक्त ऊर्जा को कहीं निकाल सकें, नष्ट कर सकें।) इसे आप किसी दूसरे व्यक्ति, अपने किसी साझेदार पर निकाल सकते हैं, या ठोकर मारकर या दीवार को टक्कर लगाकर मिटा सकते हैं।

अहंकार में भावनात्मक एवं शारीरिक परिवर्तन दोनों शामिल रहते हैं। व्यक्ति जब अहंकार या घबराहट में होता है तो सजीव कोशिकाओं से एक तरह का हॉर्मोन निकलता है, जिसे 'ऐड्रिनल' कहते हैं। ऐड्रिनल जैसे रसायन छोड़े जाने पर आपके शरीर से भारी मात्रा में ऊर्जा प्रवाहित होती है।

अहंकार और क्रोध मूलभूत भावनाएँ हैं, जो सहज ही प्रकट होती हैं, जब लोगों को ऐसा लगता है कि उनके साथ उचित व्यवहार नहीं हुआ है। जब कोई कार्य उस तरह नहीं होता है, जैसा वे चाहते हैं और जब वे

आहत या अपमानित महसूस करते हैं, तब वे अपने व्यवहार पर काबू नहीं रख पाते हैं और दूसरों की गलतियों पर अकसर क्रोधित हो जाते हैं। क्रोध और अहंकार दोनों का करीबी रिश्ता है और ये भावनाएँ संबंधियों, नाते-रिश्तेदारों में बहुत अधिक प्रकट होती हैं। उदाहरण के तौर पर अहंकार उस समय क्रोध में बदल सकता है, जब किसी को अभी-अभी बताई गई कोई बात समझ नहीं आती है, या जब उस पुरुष/महिला को वह बात याद नहीं रहती है, जिसके बारे में उसे अभी-अभी बताया गया है। बार-बार पूछे गए सवालों से खीझ होती है। रिश्तेदारों या मित्रों को ऐसा लग सकता है कि उनके निरंतर उत्पीड़न का कोई समाधान नहीं है। लोगों को गुस्सा आ जाता है और वे दूसरों को भी मार-पीट सकते हैं और बाद में बहुत लज्जित महसूस कर सकते हैं।

अहंकार ने देवदूतों को भी नष्ट कर दिया। अहंकार से आदमी फूल सकता है, फल नहीं सकता। अहंकारी व्यक्ति प्रायः शक्की हुआ करता है और इसी कारण अपने जीवन को जहर बना लेता है।

❑

8

अहंकार नहीं, विनम्रता

आज के युग में लगभग सभी लोग अहंकार-सिद्धि में लगे हुए हैं। जिसे देखो वह अपना अहंकार सिद्ध करने की योजना बना रहा है। कैसे, कब, किस प्रकार अहंकार सिद्ध हो।

अहंकार वह दुर्गुण है, जो मनुष्य को अपनों से दूर करता है, मानव को दुःखी करता है। आज इसी से मानव सबसे ज्यादा दुःखी है। जब मनुष्य में स्व अर्थात् 'स्वयं के लिए ही' की भावना जाग्रत् होती है तो वह अहंकारी हो जाता है। केवल स्वयं के लिए ही जीना मनुष्य को समाज से अलग-थलग करता है, क्योंकि तब वह दूसरों का ध्यान नहीं रखता और न ही कभी किसी का सहयोग करता है। जो जीवन में उसकी सफलता के लिए बहुत बड़ी बाधा है। अहंकार-सिद्धि के व्यवसाय में गुरु को सही शिष्य नहीं मिल रहा है। शिष्य को सही गुरु नहीं मिल रहा है। अच्छा गुरु और अच्छा शिष्य दोनों एक-दूसरे को पाने के लिए तड़प रहे हैं, लेकिन वे ही एक-दूसरे को खोज पाते हैं, जिनके मन में अहंकार की भावना न हो।

आज यदि कोई किसी की प्रशंसा कर रहा है, यदि कोई किसी को घर पर बिठाकर चाय-नाश्ता करवा रहा है तो क्यों? अहंकार-सिद्धि के लिए। ऐसा वह क्यों कर रहा है? क्योंकि वह अपना जो कार्य सिद्ध

करना चाहता है, वह उस कार्य को करने के योग्य नहीं है इसलिए। इसके विपरीत कोई भी योग्य व्यक्ति अहंकारी नहीं होता। क्योंकि वह जानता है कि वह अपना कार्य करने में समर्थ है, किसी की प्रशंसा करके स्वयं को अहंकार के बंधन में क्यों बाँधे? यह सब कौन करता है? वही जो जीवन में सफलता चाहता है।

बैजू बावरा मध्यकालीन भारत के एक सिद्ध गायक व संगीताचार्य थे। उनका एक शिष्य गोपाल नायक जब अपनी शिक्षा पूरी होने पर विदा होने लगा, तो गुरु ने उसे संगीत द्वारा लोक को सुखी बनाने व उसके सदुपयोग की शिक्षा दी। अपनी प्रतिभा के कारण गोपाल नायक शीघ्र ही दिल्ली दरबार का प्रधान गायक बन गया। राजदरबार के सम्मान ने उसे अहंकारी बना दिया और वह अन्य गायकों को नीचा दिखाने लगा। वह उन्हें मुकाबले के लिए मजबूर करता और शर्त रखता कि हारने वाले का सिर कटवा दिया जाए।

बैजू बावरा मध्यकालीन भारत के एक सिद्ध गायक व संगीताचार्य थे। उनका एक शिष्य गोपाल नायक जब अपनी शिक्षा पूरी होने पर विदा होने लगा, तो गुरु ने उसे संगीत द्वारा लोक को सुखी बनाने व उसके सदुपयोग की शिक्षा दी। अपनी प्रतिभा के कारण गोपाल नायक शीघ्र ही दिल्ली दरबार का प्रधान गायक बन गया।

जब अनेक संगीतज्ञों की विधवाओं की चीत्कार बैजू बावरा तक पहुँची, तो वे अपने शिष्य को समझाने दिल्ली पहुँचे, लेकिन मद में चूर गोपाल ने न केवल उन्हें पहचानने से इनकार कर दिया, बल्कि गुरु को भी शर्त रखकर प्रतियोगिता के लिए ललकारा। अगले दिन गुरु-शिष्य की अनोखी संगीत प्रतियोगिता प्रारंभ हुई। संगीत का ऐसा समा बँधा कि श्रोता मंत्रमुग्ध हो गए, परंतु संगीत के लिए अपना संपूर्ण जीवन समर्पित कर

देने वाले गुरु को भला वह अहंकारी शिष्य कैसे हरा सकता था। गोपाल नायक हार गया और शर्त के अनुसार वह मृत्यु का पात्र बना। विजयी बैजू बावरा से जब इच्छानुसार पुरस्कार माँगने को कहा गया, तो उस उदार हृदय गुरु ने कहा कि उनके पराजित शिष्य का जीवनदान ही उनका पुरस्कार है, इसके अतिरिक्त उन्होंने कुछ भी लेने से इनकार कर दिया। गोपाल नायक का अहंकार चूर-चूर हो चुका था।

❑

9

अहंकार सिद्धि से आत्मसंतुष्टि दूर

जो व्यक्ति केवल स्वयं के लिए जीता है, वह जीवन का वास्तविक आनंद प्राप्त नहीं कर पाता, क्योंकि वह जीवन भर अहंकार सिद्धि में लगा रहता है और कभी आत्मसंतुष्टि प्राप्त नहीं कर पाता। अहंकार को छोड़ दूसरों के लिए जीने वाले व्यक्ति को अपने कार्यों को सिद्ध करने के लिए कहीं भटकने की आवश्यकता नहीं होती, क्योंकि उसके गुणों, उसकी योग्यता के बल पर उसके कार्य पूरे होते हैं और वह व्यक्ति जीवन में आत्मसंतुष्टि भी प्राप्त करता है। मनुष्य में अहंकार की नहीं, विनम्रता की भावना होनी चाहिए।

आज मनुष्य ईश्वर की भक्ति भी अहंकार भाव से करता है कि यदि ईश्वर है तो मेरा यह कार्य कर दे। मैं पाँच रुपए का प्रसाद चढ़ाऊँगा। इसमें भी अहंकार। जबकि ईश्वर प्रसन्न होता है, निराहंकार भाव से की जानेवाली पूजा-अर्चना से।

जिस प्रकार अहंकारी मनुष्य काम निकालने के लिए अपना अहंकार सिद्ध करने के लिए उस व्यक्ति के स्वभाव के अनुसार कार्य करता है, जिससे अहंकार सिद्ध हो। परंतु वह जो बिना किसी अहंकार के काम करता है, बिना किसी लाग-लपेट के, बिना किसी आडंबर के अपना कार्य करता है, वह सच्ची भक्ति अर्थात् अपने कर्म का सही फल प्राप्त

करता है। अतः सच्ची भक्ति अर्थात् बिना अहंकार के बिना गया कार्य विनम्रता है और ईश्वर को प्रसाद चढ़ाने के लिए कहना अथवा अपनी कार्य सिद्धि के लिए दूसरों की प्रशंसा करना, चापलूसी करना अहंकार है। विनम्रता से परम आनंद की प्राप्ति होती है, जबकि अहंकार मनुष्य को गर्त में पहुँचाता है।

कौन अहंकारी है? इसका निर्णय करनेवाला भी मनुष्य है और वह भलीभाँति जानता है कि कौन अहंकारी है। फिर भी वह उसे बढ़ावा देता है, उसे और प्रेरित करता है। लेकिन ऐसा कौन करता है? वह जो स्वयं अहंकारी होगा, क्योंकि उसमें उसका भी कोई-न-कोई अहंकार छिपा होता है। विनम्र व्यक्ति अहंकारी को अपने पास फटकने तक नहीं देता। अपितु उसके पर बढ़ने से पहले ही कतर देता है, क्योंकि उसे इस दुर्गुण के बंधन में नहीं बँधना होता है, अपितु अपने लक्ष्य की ओर बढ़ना होता है।

कौन अहंकारी है? इसका निर्णय करनेवाला भी मनुष्य है और वह भलीभाँति जानता है कि कौन अहंकारी है। फिर भी वह उसे बढ़ावा देता है, उसे और प्रेरित करता है। लेकिन ऐसा कौन करता है? वह जो स्वयं अहंकारी होगा, क्योंकि उसमें उसका भी कोई-न-कोई अहंकार छिपा होता है। विनम्र व्यक्ति अहंकारी को अपने पास फटकने तक नहीं देता।

विद्वान् बौद्ध भिक्षु चीरिय को बौद्ध धर्म के प्रचार के लिए देश-देशांतर में भेजा गया। वहाँ उनका भरपूर स्वागत सत्कार हुआ। चीरिय का अहंकार इतने भर से बहुत बढ़ गया और वे अपने को असाधारण समझने लगे। लौटकर वे जैतवन आए। उन दिनों अनाथ पिंडक वहाँ की व्यवस्था सँभालते थे। चीरिय को एक दिन तो विश्राम करने दिया गया। दूसरे दिन उन्हें लकड़ी काटने के लिए कुल्हाड़ी थमा दी गई। यह उन्हें बहुत बुरा लगा। इतने बड़े

विद्वान् को इतना छोटा काम ?

उन्होंने लकड़ी काटने से इनकार कर दिया। अनाथ पिंडक ने कहा, "तब आप आश्रम में नहीं रह सकेंगे। आप सीधे तथागत के पास श्रावस्ती जाइए। अनुशासन न पालने का दूसरा विकल्प यही था कि वहाँ से विदाई ले लेना।

चीरिय श्रावस्ती पहुँचे। उन्हें तथागत से मिलने की जल्दी थी। पर वे आश्रम में नहीं थे। भिक्षा के लिए गए थे। उनसे कुछ करते न बन पड़ा। वहाँ चल पड़े, जहाँ तथागत भिक्षा के लिए गए थे। उन्होंने देखा, तथागत ने एक झोले में भिक्षा का अन्न समेट लिया और चलते-चलते रास्ते में पड़े हुए उपलों को समेटते चल रहे थे। एक कंधे पर आहार और दूसरे पर ईंधन लदा हुआ था।

चीरिय ने उनकी श्रमशीलता और निराहंकारता को देखा तो पानी-पानी हो गए। वे मन-ही-मन यह निश्चय करके लौटे कि तथागत का सच्चा अनुयायी बनूँगा। अहमन्यता को पास न फटकने दूँगा।

अहंकार से बड़ा कोई शत्रु नहीं। जो भीतर से खाली होते हैं, वे बाहर अहंकार से भर जाते हैं। अहंकार का अंत होने पर स्वभाव की यात्रा शुरू होती है।

इस प्रकार अहंकार से सदा दूर रहना चाहिए अन्यथा यह दुर्गुण मनुष्य को अंततोगत्वा असफलता का मुँह दिखाता है।

❑

10

अहंकार दीमक की तरह खाता है

अहंकार वह दीमक है, जो मनुष्य को अंदर-ही-अंदर खोखला कर देती है। कोई भी ऐसी समस्या नहीं है, जो अहंकार करने से सुलझती हो अथवा अहंकार उसका हल हो अपितु अहंकार को छोड़कर उस समस्या को हल करने के उपायों से समस्या सुलझती है। जो व्यक्ति अहंकार जैसे महादुर्गुण पर काबू पा लेता है, वही जीवन में सफलता प्राप्त करता है।

अधिकतर मनुष्य अहंकार में चूर होकर अपना वर्तमान चौपट कर लेते हैं। क्या अहंकार कोई औषधि है, जिसे लेने से आसन्न समस्या हल हो जाएगी? अहंकार औषधि नहीं, अपितु एक धीमा विष है, जो मनुष्य को धीरे-धीरे क्षीण करता जाता है।

भय की आशंका अहंकार को जन्म देती है। कहीं ऐसा न हो जाए, वैसा न हो जाए, उधर कोई है, उसने मुझसे ऐसे कहा, आदि-आदि विचार अहंकार के मुख्य कारण हैं। मनुष्य का कोई कार्य न होने पर या कोई अन्य कारण से वह अहंकारग्रस्त हो जाता है। धीरे-धीरे अहंकार उसे अनेक रोगों जैसे—रक्तचाप, हृदयाघात आदि से जकड़ लेता है, जो मनुष्य की सफलता के लिए घातक होते हैं।

एक कार्यालय में एक व्यक्ति का बहुत सम्मान था। उससे जिस भी

कार्य की आशा की जाती, वह उस पर पूर्ण खरा उतरता। सभी उससे प्रसन्न थे। वह भी प्रसन्नचित्त रहता था और सभी कार्यों में सफलता प्राप्त करता था। इस प्रकार उसकी योग्यता ऐसी हो गई कि उसे सभी कहने लगे कि आपके लिए कुछ भी असंभव नहीं है। आप तो चुटकी बजाते ही सब कार्य कर लेते हैं।

एक दिन उसके बॉस ने उसे एक काम सौंपते हुए कहा कि "यह कार्य बहुत महत्त्वपूर्ण है। इसे तुम ही कर सकते हो। लेकिन ध्यान रखना, कोई गलती न हो। अभी इस कार्य के लिए तुम्हारे पास पंद्रह दिन हैं।"

बस उस व्यक्ति में अहंकार समा गया। उस दिन से वह किसी अन्य कार्य में मन नहीं लगा पाया और पंद्रह दिन बाद वाले कार्य के लिए अहंकारग्रस्त होकर अपने सफल जीवन को असफल बना बैठा। उस व्यक्ति को वह कार्य करना था। वह सफलतापूर्वक उसको कर सकता था अथवा उसे उस कार्य को करने के समय बताया जाता तो वह उसे आसानी से कर लेता, क्योंकि वह अहंकारमुक्त होकर कार्य करता; लेकिन अहंकार ने घेरते ही उसे नष्ट कर दिया।

> **भगवान् गणेशजी को एकदंत भी कहा जाता है। यह अवतार उन्होंने मदासुर का वध करने के लिए लिया था। एकदंत भगवान् का वाहन मूषक है। पुराणों में वर्णित है कि मदासुर महर्षि च्यवन का पुत्र था। दैत्य प्रवृत्ति का होने के कारण, उसकी आसुरी प्रवृत्ति ने उसे संपूर्ण ब्रह्मांड का स्वामी बनने के लिए प्रेरित कर दिया। मदासुर अपने गुरु शुक्राचार्य से आशीर्वाद लेकर माँ भगवती का तप करने घनघोर जंगल की ओर निकल पड़ा।**

भगवान् गणेशजी को एकदंत भी कहा जाता है। यह अवतार उन्होंने मदासुर का वध करने के लिए लिया था। एकदंत भगवान् का वाहन मूषक है। पुराणों में वर्णित है कि मदासुर महर्षि च्यवन का पुत्र था। दैत्य प्रवृत्ति का

होने के कारण, उसकी आसुरी प्रवृत्ति ने उसे संपूर्ण ब्रह्मांड का स्वामी बनने के लिए प्रेरित कर दिया। मदासुर अपने गुरु शुक्राचार्य से आशीर्वाद लेकर माँ भगवती का तप करने घनघोर जंगल की ओर निकल पड़ा।

घोर तप करने के दौरान मदासुर के शरीर पर दीमकों ने बाँबी बना ली। उसके चारों तरफ पेड़-पौधे पनपने लगे। उसके कठोर तप से माँ भगवती प्रसन्न हुईं और उन्होंने मदासुर को निरोग होने के साथ ही ब्रह्मांड का राज्य प्राप्त होने का वरदान दिया।

वरदान पाकर मदासुर अहंकारी हो गया। उसने सबसे पहले पृथ्वी पर अपना साम्राज्य स्थापित किया। फिर स्वर्ग पर चढ़ाई कर वह भी जीत लिया। मदासुर के शासक बनते ही हर तरफ दुविधाओं का पहाड़ टूट पड़ा। यह सब देखकर देवता सनत्कुमार के पास गए और उनसे मदासुर से छुटकारा पाने के बारे में सलाह माँगी। सनत्कुमार ने कहा कि अगर आप भगवान् एकदंत का तप करेंगे तो वे इस समस्या से छुटकारा दिला सकते हैं। देवताओं ने लगभग सौ वर्षों तक एकदंत का तप किया।

यह देखकर एकदंत प्रसन्न हुए और उन्होंने देवताओं को मदासुर से सुरक्षा का वचन दिया। जब यह बात मदासुर को पता चली तो वह भगवान् एकदंत से युद्ध करने के लिए आतुर हो गया। उसकी मनोकामना को देखते हुए, एकदंत उसके रास्ते में ही प्रकट हो गए।

वे चूहे पर सवार थे। उनकी आकृति बहुत ही विशाल थी। उन्होंने कहा कि मदासुर तुम जीवित रहना चाहते हो, तो देवताओं से द्वेष छोड़ दो, नहीं तो मैं तुम्हारा वध कर दूँगा। मदासुर नहीं माना। वह युद्ध के लिए तैयार हो गया। भगवान् एकदंत ने उस पर परशु से प्रहार किया। वह बेहोश होकर गिर गया। बेहोशी टूटने पर उसे ध्यान आया कि वे तो साक्षात् परमात्मा हैं। उसने हाथ जोड़कर एकदंत की स्तुति की। इससे प्रसन्न हो भगवान् एकदंत ने मदासुर को पाताल जाने का सुझाव दिया। मदासुर सुझाव को मानकर पाताल लोक चला गया।

❑

11

अहंकार भूलों का निषेध करता है

मुल्ला नसरुद्दीन की पत्नी नाराज थी। उसने सूप बनाया और इतना गरम कि मुल्ला पिएगा तो जलेगा। लेकिन बातचीत में भूल गई और भूल ही गई कि सूप दुश्मन की तरह बनाया है और मुल्ला को जलाने को बनाया है। तो खुद बातचीत में भूलकर सूप को पीना शुरू कर दिया। जल गया कंठ। आँख से आँसू बहने लगे। लेकिन अब यह कहना कि इतना गरम सूप पी गई और यह कहना कि यह बनाया था मुल्ला के लिए, मुश्किल। और यह स्वीकार कर लेने पर तो फिर मुल्ला पिएगा ही नहीं। तो आँख से आँसू बहते रहे, लेकिन वह सूप पी गई। मुल्ला ने पूछा, "क्या बात है, आँख से आँसू बह रहे हैं?" तो उसने कहा कि "मुझे मेरी माँ की याद आ गई। ऐसा ही सूप मेरी माँ भी बनाया करती थी और इसलिए आँख से आँसू बह रहे हैं। और कोई बात नहीं।"

मुल्ला ने भी सूप चखा। वह जलती आग था। उसकी भी आँख से आँसू बहने लगे। बीवी ने पूछा तो बोला कि इसलिए आँसू बह रहे हैं, क्योंकि तुम्हारी माँ मर गई, और तुम्हें छोड़ गई! तुम्हें भी साथ ले जाती तो अच्छा होता।

जीवन में रोज छोटे-छोटे कामों में भी आपका मूल जीवन-दर्शन प्रकट होता है। आप भूल स्वीकार नहीं कर सकते। अहंकार कभी भूल

स्वीकार नहीं कर सकता। क्योंकि अगर भूल स्वीकार की तो ज्यादा देर न लगेगी, जबकि आपको यह भी पता चल जाएगा कि अहंकार तो महाभूल है। इसलिए अहंकार भूलों का निषेध करता है, इनकार करता है, वह उनको स्वीकार नहीं करता।

शंकराचार्य हिमालय की ओर यात्रा कर रहे थे। तब उनके साथ उनके सभी शिष्य थे। सामने अलकनंदा नदी का विस्तीर्ण पात्र था। किसी एक शिष्य ने शंकराचार्य की स्तुति करना प्रारंभ किया। उसने कहा, "आचार्य, आप कितने ज्ञानी हैं! यह अलकनंदा सामने से बह रही है न! कितना पवित्र प्रवाह है ये! इससे भी कितना गुना अधिक ज्ञान आपका है! महासागर समान!"

उस समय शंकराचार्य ने हाथ का दंड पानी में डुबाया, बाहर निकाला एवं शिष्य को दिखाया। "देख, कितना पानी आया? एक बूँद आई उस पर।" शंकराचार्य हँसकर बोले, "पागल, मुझे कितना ज्ञान है बताऊँ? अलकनंदा के पात्र में जितना जल है न, उसका केवल एक बिंदु दंड पर आया। पूरे ज्ञान में से मेरा ज्ञान केवल उतना ही है।" जब आदि शंकराचार्य ऐसा कहते हैं, तो आप हम क्या हैं? तात्पर्य, किसी भी बात का अहंकार न हो।

❑

12

अहंकारी व्यक्ति के लक्षण

जो दूसरों की छोटी-छोटी गलतियों पर भड़कता है, वह अपने बड़े-बड़े दोषों को भी स्वीकार नहीं करता। महत्त्वपूर्ण पदों पर लंबे समय तक बने रहता है। अपने से योग्य व्यक्तियों को उभरते देख परेशान हो उठता है। कभी अपने साथियों को नेतृत्व नहीं करने देता। सदा विफलताओं का ठीकरा दूसरों के सिर फोड़ता है व सफलताओं का श्रेय स्वयं लेता है। अपने समीप प्रशंसक व चापलूस रखना पसंद करता है व जो उसको सचेत करे उसको लात मारने में भी संकोच नहीं करता।

हम गहराई से आत्म-विश्लेषण करें कि कहीं ऐसा किसी प्रकार का अहंकारी व्यक्तित्व हमारे भीतर तो उत्पन्न नहीं हो रहा है। यदि कहीं ये झाड़-झंखाड़ नजर आएँ तो तुरत सफाई करें, अन्यथा धीरे-धीरे यह हमारे पूरे व्यक्तित्व पर छा जाएगा और हमें घोर नरक में धकेल देगा।

महाकवि कालिदास के कंठ में साक्षात् सरस्वती का वास था। शास्त्रार्थ में उन्हें कोई पराजित नहीं कर सकता था। अपार यश, प्रतिष्ठा और सम्मान पाकर एक बार कालिदास को अपनी विद्वत्ता का घमंड हो गया। उन्हें लगा कि उन्होंने विश्व का सारा ज्ञान प्राप्त कर लिया है और अब सीखने को कुछ बाकी नहीं बचा। उनसे बड़ा ज्ञानी संसार में कोई दूसरा नहीं।

एक बार पड़ोसी राज्य से शास्त्रार्थ का निमंत्रण पाकर कालिदास विक्रमादित्य से अनुमति लेकर अपने घोड़े पर रवाना हुए। गरमी का मौसम था। धूप काफी तेज थी और लगातार यात्रा से कालिदास को प्यास लग आई। थोड़ी तलाश करने पर उन्हें एक टूटी झोंपड़ी दिखाई दी। पानी की आशा में वह उस ओर बढ़ चले। झोंपड़ी के सामने एक कुआँ भी था। कालिदास ने सोचा कि कोई झोंपड़ी में हो तो उससे पानी देने का अनुरोध किया जाए। उसी समय झोंपड़ी से एक छोटी बच्ची मटका लेकर निकली। बच्ची ने कुएँ से पानी भरा और वहाँ से जाने लगी।

कालिदास उसके पास जाकर बोले, "बालिके! बहुत प्यास लगी है, जरा पानी पिला दे।"

बच्ची ने पूछा, "आप कौन हैं? मैं आपको जानती भी नहीं, पहले अपना परिचय दीजिए।"

कालिदास को लगा कि मुझे कौन नहीं जानता भला, मुझे परिचय देने की क्या आवश्यकता?

फिर भी प्यास से बेहाल थे तो बोले, "बालिके, अभी तुम छोटी हो। इसलिए मुझे नहीं जानती। घर में कोई बड़ा हो तो उसको भेजो। वह मुझे देखते ही पहचान लेगा। मेरा बहुत नाम और सम्मान है दूर-दूर तक। मैं बहुत विद्वान् व्यक्ति हूँ।"

फिर भी प्यास से बेहाल थे तो बोले, "बालिके, अभी तुम छोटी हो। इसलिए मुझे नहीं जानती। घर में कोई बड़ा हो तो उसको भेजो। वह मुझे देखते ही पहचान लेगा। मेरा बहुत नाम और सम्मान है दूर-दूर तक। मैं बहुत विद्वान् व्यक्ति हूँ।"

कालिदास के बड़बोलेपन और अहंकार भरे वचनों से अप्रभावित बालिका बोली, "आप असत्य कह रहे हैं। संसार में सिर्फ दो ही बलवान हैं और उन दोनों को मैं जानती हूँ। अपनी प्यास बुझाना चाहते हैं तो उन दोनों के नाम बताएँ?"

थोड़ा सोचकर कालिदास बोले, "मुझे नहीं पता, तुम ही बता दो;

मगर मुझे पानी पिला दो। मेरा गला सूख रहा है।"

बालिका बोली, "दो बलवान हैं—'अन्न' और 'जल'। भूख और प्यास में इतनी शक्ति है कि बड़े-से-बड़े बलवान को भी झुका दें। देखिए प्यास ने आपकी क्या हालत बना दी है।"

कालिदास चकित रह गए। लड़की का तर्क अकाट्य था। बड़े-बड़े विद्वानों को पराजित कर चुके कालिदास एक बच्ची के सामने निरुत्तर खड़े थे।

बालिका ने पुनः पूछा, "सत्य बताएँ, कौन हैं आप ?" वह चलने की तैयारी में थी।

बच्ची बोली, "आप स्वयं को बड़ा विद्वान् बता रहे हैं और यह भी नहीं जानते? एक स्थान से दूसरे स्थान तक बिना थके जानेवाला बटोही कहलाता है। बटोही दो ही हैं, एक चंद्रमा और दूसरा सूर्य, जो बिना थके चलते रहते हैं। आप तो थक गए हैं। भूख-प्यास से बेदम हैं। आप कैसे बटोही हो सकते हैं?"

"मैं तो बटोही हूँ।" कालिदास बोले।

मुसकराते हुए बच्ची बोली, "आप अभी भी झूठ बोल रहे हैं। संसार में दो ही बटोही हैं। उन दोनों को मैं जानती हूँ, बताइए वे दोनों कौन हैं ?"

तेज प्यास ने पहले ही कालिदास की बुद्धि क्षीण कर दी थी, पर लाचार होकर उन्होंने फिर से अनभिज्ञता व्यक्त कर दी।

बच्ची बोली, "आप स्वयं को बड़ा विद्वान् बता रहे हैं और यह भी नहीं जानते ? एक स्थान से दूसरे स्थान तक बिना थके जानेवाला बटोही कहलाता है। बटोही दो ही हैं, एक चंद्रमा और दूसरा सूर्य, जो बिना थके चलते रहते हैं। आप तो थक गए हैं। भूख-प्यास से बेदम हैं। आप कैसे बटोही हो सकते हैं ?"

इतना कहकर बालिका ने पानी से भरा मटका उठाया और झोंपड़ी के

भीतर चली गई। अब तो कालिदास और भी दु:खी हो गए। इतने अपमानित वे जीवन में कभी नहीं हुए। प्यास से शरीर की शक्ति घट रही थी। दिमाग चकरा रहा था। उन्होंने आशा से झोंपड़ी की तरफ देखा। तभी अंदर से एक वृद्ध स्त्री निकली।

उसके हाथ में खाली मटका था। वह कुएँ से पानी भरने लगी। अब तक काफी विनम्र हो चुके कालिदास बोले, "माते, पानी पिला दीजिए, बड़ा पुण्य होगा।"

स्त्री बोली, "बेटा, मैं तुम्हें जानती नहीं। अपना परिचय दो। मैं अवश्य पानी पिला दूँगी।"

कालिदास ने कहा, "मैं मेहमान हूँ, कृपया पानी पिला दें।"

स्त्री बोली, "तुम मेहमान कैसे हो सकते हो? संसार में दो ही मेहमान हैं। पहला—धन और दूसरा—यौवन। इन्हें जाने में समय नहीं लगता। सत्य बताओ कौन हो तुम?"

अब तक के सारे तर्क से पराजित हताश कालिदास बोले, "मैं सहनशील हूँ। अब आप पानी पिला दें।"

स्त्री ने कहा, "नहीं, सहनशील तो दो ही हैं। पहली, धरती जो पापी-पुण्यात्मा सबका बोझ सहती है। उसकी छाती चीरकर बीज बो देने से भी अनाज के भंडार देती है। दूसरे, पेड़ जिनको पत्थर मारो, फिर भी मीठे फल देते हैं। तुम सहनशील नहीं। सच बताओ तुम कौन हो?"

स्त्री बोली, "फिर असत्य। हठी तो दो ही हैं; पहला–नख और दूसरे–केश, कितना भी काटो बार-बार निकल आते हैं। सत्य कहें ब्राह्मण, कौन हैं आप?"

कालिदास लगभग मूर्च्छा की स्थिति में आ गए और तर्क-वितर्क से झल्लाकर बोले, "मैं हठी हूँ।"

स्त्री बोली, "फिर असत्य। हठी तो दो ही हैं; पहला—नख और दूसरे—केश, कितना भी काटो बार-बार निकल आते हैं। सत्य कहें ब्राह्मण, कौन हैं आप?"

पूरी तरह अपमानित और पराजित हो चुके कालिदास ने कहा, "फिर तो मैं मूर्ख ही हूँ।"

"नहीं, तुम मूर्ख कैसे हो सकते हो। मूर्ख दो ही हैं। पहला—राजा, जो बिना योग्यता के भी सब पर शासन करता है और दूसरा—दरबारी पंडित, जो राजा को प्रसन्न करने के लिए गलत बात पर भी तर्क करके उसे सही सिद्ध करने की चेष्टा करता है।"

कुछ बोल न सकने की स्थिति में कालिदास वृद्धा के पैर पर गिर पड़े और पानी की याचना में गिड़गिड़ाने लगे।

वृद्धा ने कहा, "उठो वत्स!" आवाज सुनकर कालिदास ने ऊपर देखा तो साक्षात् माता सरस्वती वहाँ खड़ी थीं। कालिदास नतमस्तक हो गए। माता ने कहा, "शिक्षा से ज्ञान आता है, न कि अहंकार। तुमने शिक्षा के बल पर प्राप्त मान और प्रतिष्ठा को ही अपनी उपलब्धि मान लिया और अहंकार कर बैठे इसलिए मुझे तुम्हारे चक्षु खोलने के लिए ये स्वाँग करना पड़ा।"

❑

13

सफलता में बाधक

अहंकार मनुष्य की सफलता में बाधक और असफलता का साथी है। जिस समय मनुष्य सफलता प्राप्त करने के लिए दृढ़ निश्चय करता है, उसी समय उसका अहंकार उससे दूर भागने लगता है। मनुष्य को दूसरों के गुणों को अपनाना चाहिए और अहंकार को छोड़ देना चाहिए। दूसरों के गुण देखने चाहिए और स्वयं के अहंकार, यही सफल होने का महामंत्र है।

अहंकार मनुष्य के वे दोष हैं, जो उसे नकारा, आलसी, चापलूस, अभिमानी, क्रोधी, लालची तो बनाते ही हैं, साथ ही उसे अंदर से खोखला भी कर देते हैं अर्थात् यह कहा जा सकता है कि ये वे दीमक हैं, जो मनुष्य को असफलता तो देते ही हैं, साथ ही उसे नष्ट भी कर देते हैं।

अहंकार मनुष्य के सोचने-समझने की शक्ति को समाप्त कर देते हैं। उसे जीवन में नकारात्मकता का पाठ पढ़ाते हैं। उसे उसके गुणों से विमुख कर देते हैं। उसे कुंठित कर देते हैं। इन अहंकारों से बाधित होकर वह अपना कर्म भूलकर अपने कार्यों को बिगाड़ना प्रारंभ कर देता है और जीवन में असफल हो जाता है।

इन अहंकारों के कारण मनुष्य स्वयं के लिए ही नहीं, अपितु समाज के लिए भी खतरनाक होता है, क्योंकि वह स्वयं तो कुछ कर नहीं

सकता; बल्कि जहाँ रहता है, वहाँ के वातावरण को भी दूषित कर देता है।

पक्षियों की सभा हो रही थी। सभा में तय होना था कि उनका राजा कौन बनेगा। इस मुद्दे पर कुछ पक्षी लड़ने लगे। यह देखकर सबसे बुजुर्ग पक्षी, जिसे सभी लोग संत कहते थे; ने कहा, "राजा वही बन सकता है, जिसमें ताकत हो, सूझ-बूझ हो और जो अपने समाज को एकजुट रख सके।"

यह सुन सभी पक्षी एक-दूसरे को देखने लगे। उसी समय एक पक्षी ने खड़े होकर कहा, "मैं सबसे शक्तिशाली हूँ, इसलिए मैं राजा बनूँगा।"

विजयी पक्षी चाहता था कि उसके राजा बनने की बात आसपास के सभी पक्षी जान लें, इसलिए इठलाता हुआ वह पेड़ की डाल पर बैठ गया और अकड़कर ऊँची आवाज में बोला, "सब लोग देखो मुझे, मैं हूँ विजयी पक्षी। मैं राजा बन गया हूँ।"

उसकी बगल में पंख फैलाए दूसरे पक्षी ने कहा, "तुमसे ज्यादा शक्तिशाली और बुद्धिमान मैं हूँ, इसलिए राजा बनने का मौका मुझे मिलना चाहिए।"

जब सर्व सम्मति से तय नहीं हुआ कि राजा कौन बने तो संत ने कहा, "तुम दोनों लड़ो, जो जीत जाएगा, वही राजा बनेगा।"

दोनों आपस में लड़ने लगे। पहले वाले पक्षी ने छल-कपट से जीत हासिल कर ली। संत ने उसे विजयी घोषित कर दिया। सभी विजयी पक्षी के इर्द-गिर्द जमा होकर उसका गुणगान करने लगे।

विजयी पक्षी चाहता था कि उसके राजा बनने की बात आसपास के सभी पक्षी जान लें, इसलिए इठलाता हुआ वह पेड़ की डाल पर बैठ गया और अकड़कर ऊँची आवाज में बोला, "सब लोग देखो मुझे, मैं हूँ विजयी पक्षी। मैं राजा बन गया हूँ।"

तभी ऊपर से एक चील ने उस पर झपटा मारा और उसे अपने पंजे में दबाकर उड़ गई। पक्षियों की सभा में हड़कंप मच गया और सब आँसू बहाने लगे। पक्षियों का संत बोला, "तुम लोग आँसू क्यों बहा रहे हो? तुम्हें तो खुश होना चाहिए।"

एक पक्षी ने पूछा, "आखिर क्यों?"

संत ने कहा, "तुम लोगों ने देखा होगा कि राजा बनने पर उसमें कितना अहंकार आ गया था। वह अहंकारवश अपना गुणगान खुद कर रहा था। एक अहंकारी राजा से हमें इतनी जल्दी मुक्ति मिल गई। यह तो हमारे समाज का सौभाग्य है। अहंकारी राजा कभी भी अपने समाज को सुरक्षा नहीं दे सकता।"

❑

14

खतरनाक अवगुण

अहंकार मनुष्य का एक बहुत खतरनाक अवगुण है। अहंकार वह कीड़ा है, जो सूक्ष्म रूप में मनुष्य के अंदर घुसता है। यदि उस कीड़े पर तुरंत नियंत्रण नहीं किया जाए तो वह विकराल रूप धारण कर लेता है और मनुष्य को विनाश के मार्ग पर धकेल देता है।

एक बार भगवान् श्रीकृष्ण, उनके ज्येष्ठ भ्राता बलराम और सात्यकि आखेट के लिए वन में गए। उनके साथ कुछ सैनिक भी थे। तभी तेज वर्षा और तूफान आ गया। अँधेरा भी हो रहा था। वर्षा से बचने के लिए सैनिक इधर-उधर छिप गए। उन तीनों ने भी दौड़कर थोड़ी दूर एक गुफा में शरण ली।

थोड़ी देर में घनघोर अंधकार हो गया। सैनिक भी उन्हें नहीं खोज पाए। तब तीनों ने विचार किया कि अब तो रात्रि में वहीं विश्राम करना पड़ेगा और निश्चय हुआ कि दो लोग सोएँगे और बारी-बारी तीनों पहरा देंगे। सबसे पहले सात्यकि की बारी आई। बलराम और श्रीकृष्ण सो गए।

सात्यकि को प्रथम पहर तक पहरा देना था। वह गुफा के बाहर पहरा दे रहा था। तभी वहाँ एक भयंकर राक्षस प्रकट हुआ और सात्यकि से बोला, "यदि तुम अपने दोनों साथियों को मुझे खाने दो तो मैं तुम्हें जीवित छोड़ सकता हूँ।"

राक्षस की बात सुनकर सात्यकि में अहंकार भर आया और उसने अपनी तलवार निकालकर उस पर वार किया। राक्षस ने स्वयं को बचा लिया और सात्यकि को उठाकर पटक दिया। राक्षस की धृष्टता देखकर सात्यकि का अहंकार और भी बढ़ गया। उसने राक्षस को पुनः ललकारा और तलवार फेंककर उससे मल्लयुद्ध करने लगा। राक्षस के वारों से सात्यकि को बहुत चोट लगती, जबकि वह वार करता तो राक्षस प्रसन्न होकर और जोर से आघात करता।

मल्लयुद्ध होते-होते एक पहर बीत गया। अचानक राक्षस अदृश्य हो गया। सात्यकि युद्ध करके बेहाल हो गया था। उसने अब बारी के अनुसार बलराम को उठाया और स्वयं लेटते ही गहरी निद्रा में लीन हो गया।

बलराम पहरा देने लगे। वे इधर-उधर टहल रहे थे, तभी वही राक्षस पुनः प्रकट हुआ और उन्हें युद्ध के लिए ललकारने लगा। बलराम अहंकार में भरकर उस पर टूट पड़े। जो स्थिति सात्यकि के साथ हुई, वही बलराम के साथ भी हुई। अहंकार में भरकर जब वे राक्षस पर प्रहार करते तो राक्षस प्रसन्न होता और उसका आकार भी छोटे से बड़ा होने लगता। लड़ते-लड़ते बलराम बेहाल हो गए।

बलराम पहरा देने लगे। वे इधर-उधर टहल रहे थे, तभी वही राक्षस पुनः प्रकट हुआ और उन्हें युद्ध के लिए ललकारने लगा। बलराम अहंकार में भरकर उस पर टूट पड़े। जो स्थिति सात्यकि के साथ हुई, वही बलराम के साथ भी हुई।

धीरे-धीरे समय व्यतीत हुआ। दूसरा पहर समाप्त होने पर राक्षस अदृश्य हो गया। बलराम ने श्रीकृष्ण को पहरा देने के लिए उठाया और थके होने के कारण तुरंत निद्रा में लीन हो गए।

श्रीकृष्ण पहरा देने लगे। तब वह राक्षस पुनः प्रकट हुआ और उन्हें

ललकारने लगा। श्रीकृष्ण हँसते हुए बोले, "मैं तुमसे तलवार से युद्ध नहीं करूँ तो तुम क्या करोगे?"

राक्षस बोला, "तब मैं मल्लयुद्ध करूँगा।"

श्रीकृष्ण पुनः हँसते हुए बोले, "तुमने अच्छी बात कही है। मैं भी सोच रहा था कि यह समय कैसे व्यतीत होगा? तुमसे मल्लयुद्ध करके यह समय व्यतीत हो सकता है। आ जाओ, मल्लयुद्ध करें।"

मल्लयुद्ध प्रारंभ हुआ। राक्षस श्रीकृष्ण पर वार करता तो वे शांत भाव से मुसकराते। यह देखकर राक्षस का बल घटता गया। साथ ही उसका आकार भी छोटा होता गया। श्रीकृष्ण की प्रसन्नता बढ़ती गई। राक्षस का बल और आकार क्रमशः घटता गया। अंत में वह एक सूक्ष्म जीव बन गया और धीरे-धीरे समाप्त हो गया।

तीसरा पहर समाप्त होने पर श्रीकृष्ण ने बलराम और सात्यकि को जगाया। उन्होंने रात्रि की घटना एक-दूसरे को बताई।

तब श्रीकृष्ण बोले, "वह कोई राक्षस नहीं, अपितु आप दोनों का अहंकार था, अर्थात् गर्वरूपी राक्षस। आप दोनों जितना अहंकार करते गए, उस राक्षस का बल व आकार उतना ही बढ़ता गया। लेकिन जब वह मेरे समक्ष उपस्थित हुआ, तब मैंने शांत भाव से अहंकार को नियंत्रित किया।"

तब श्रीकृष्ण बोले, "वह कोई राक्षस नहीं, अपितु आप दोनों का अहंकार था, अर्थात् गर्वरूपी राक्षस। आप दोनों जितना अहंकार करते गए, उस राक्षस का बल व आकार उतना ही बढ़ता गया। लेकिन जब वह मेरे समक्ष उपस्थित हुआ, तब मैंने शांत भाव से अहंकार को नियंत्रित किया।"

इस पौराणिक कथा से यह सिद्ध होता है कि अहंकार को जितना बढ़ावा मिलेगा, वह उतना ही बढ़ेगा। अगर उसे प्रारंभ होते ही अर्थात्

सूक्ष्म रूप में ही नियंत्रित कर लिया जाए तो अहंकार वहीं नष्ट हो जाता है और कोई बड़ी घटना भी नहीं घटती। जबकि यदि वह बढ़ जाता है तो स्वयं के साथ-साथ दूसरों के लिए भी अत्यंत घातक हो जाता है।

अहंकार के बढ़ने पर मनुष्य का मन, बुद्धि आदि उसके वश में नहीं रहते। तब मनुष्य को केवल वही करना पड़ता है, जो अहंकार चाहता है। वह मनुष्य को असफलता, अपराध, गलत निर्णय आदि की ओर ले जाता है।

❑

15

अहंकार स्वयं को जलाता है

अहंकार ही है, जो मनुष्य को मूढ़ बना देता है। बड़े से बड़ा ज्ञानी भी अहंकार के बंधन में बँधकर विनाश करता है। अहंकार पर विजय पाने वाला सफलता प्राप्त करता है। अहंकार से बचने के लिए मन में शांति बनाए रखना आवश्यक है। व्यर्थ की बातों में नहीं उलझना चाहिए, प्रसन्न रहकर अहंकार के आवेग को रोकना चाहिए।

मनुष्य अहंकार से स्वयं को जलाता है, क्योंकि इससे वह स्वयं का ही अधिक नुकसान करता है। अहंकारी व्यक्ति से तनिक भी वार्त्तालाप झगड़े का कारण बन सकता है, क्योंकि वह छोटी सी बात भी सहन नहीं कर सकता और अपने आवेग को रोक नहीं पाता।

अहंकारी मनुष्य आवेश में आकर हत्या या आत्महत्या तक कर लेता है। कोई-कोई बात उसे सहन नहीं होती और आवेश-ही-आवेश में वह अपनी जीवनलीला समाप्त कर बैठता है, क्योंकि अहंकार उसकी बुद्धि को हर लेता है, उसके सोचने-समझने की शक्ति समाप्त हो जाती है। लेकिन जो व्यक्ति इस आवेश पर काबू पा लेता है, वह घातक अहंकार से बचकर स्वयं का नुकसान होने से तो बचाता ही है, साथ ही दूसरों को भी नुकसान से बचाता है। मनुष्य शांत रहकर उसे शांत कर सकता है।

अहंकार प्राय: साधारण कारणों से उत्पन्न होता है और साधारणत: ही उसे समाप्त भी किया जा सकता है, जो शांतचित्त, आत्मविश्वास, दृढ़ निश्चय से नियंत्रित हो सकता है।

प्रसन्नचित्त रहना अहंकार न आने की प्रमुख औषधि है, जो ब्रह्मास्त्र की भाँति कार्य करती है। प्रसन्नचित्त व्यक्ति को या तो बहुत कम अहंकार आता है या आता ही नहीं है, क्योंकि अहंकार के दुष्परिणामों को वह जानता है। अहंकार समाप्त होने पर ही मनुष्य को स्वयं की भूल ज्ञात होती है कि उसने क्या खोया, क्या पाया। अहंकार मनुष्य को असफलता के पास तो पहुँचाता ही है, साथ ही उन लोगों को भी आहत करता है, जो उसकी अहंकाराग्नि की चपेट में आते हैं। अहंकारी व्यक्ति का मानसिक संतुलन कभी ठीक नहीं रहता।

प्रसन्नचित्त रहना अहंकार न आने की प्रमुख औषधि है, जो ब्रह्मास्त्र की भाँति कार्य करती है। प्रसन्नचित्त व्यक्ति को या तो बहुत कम अहंकार आता है या आता ही नहीं है, क्योंकि अहंकार के दुष्परिणामों को वह जानता है। अहंकार समाप्त होने पर ही मनुष्य को स्वयं की भूल ज्ञात होती है कि उसने क्या खोया, क्या पाया।

अमरावती चिंता में डूबी थी। सभी राग-रंग अवसाद में बदल गए थे। इंद्र कहाँ हैं? देवगण एवं महर्षियों को यह प्रश्न उलझन में डाले था। इंद्र के न होने से पृथ्वी वनस्पति से रहित होने लगी थी, सदा जल से भरे रहनेवाले सरोवर सूख गए थे। सारी प्रकृति आक्रांत हो उठी थी, समूची पृथ्वी में अराजक उपद्रव छा गए थे। इंद्र के अभाव में इनका निवारण कौन करे। पर इंद्र तो कहीं दिखते ही न थे। वे त्रिशिरा एवं नमुचि की हत्या के कलंक से विक्षुब्ध होकर कहीं पलायन कर गए थे।

देवगण ने उन्हें ढूँढ़ने की बहुतेरी कोशिश की, पर सफलता हाथ न

लगी। देवों का जीवन इंद्र के अभाव में अस्त-व्यस्त होने लगा। देवराज का पद खाली नहीं रखा जा सकता। इस सत्य से सभी सहमत थे, पर देवराज के पद पर किसी एक नाम पर सहमति नहीं हो पा रही थी। "क्यों न पृथ्वी लोक के चक्रवर्ती सम्राट् राजर्षि नहुष को देवराज के पद पर अभिषिक्त किया जाए?" एक ऋषि ने सुझाव दिया।

"वही जो परम प्रतापी नरेश होने के साथ मंत्रदृष्टा भी हैं। जिन्होंने अनेक सूक्तों की रचना की है। जो पृथ्वी के सबसे शक्तिवान शासक हैं, क्या वही मानवों में श्रेष्ठ नहुष?"

"हाँ-हाँ, वही। मैं उन्हीं के बारे में कह रहा हूँ।"

"बस फिर तो समस्या का समाधान मिल गया। देवों से इतर मानव के इंद्र बनने पर देवताओं में आपसी कटुता भी न पनपेगी। राजर्षि नहुष के पराक्रम के प्रभाव से असुरों की रही-सही शक्ति भी नष्ट हो जाएगी।"

देवगण एवं महर्षि दोनों ही इस प्रस्ताव पर एकमत से सहमत से हो गए। सभी ने सर्वसम्मति से देवर्षि नारद को नहुष के पास जाकर उन्हें इस पर सहमत कराने के लिए प्रतिष्ठानपुर भेज दिया।

देवर्षि ने नहुष की राजधानी पहुँचकर उनसे निवेदन किया, "हे राजन! इंद्र के अदृश्य हो जाने से अमरावती अवसाद में डूबी है, आप स्वर्ग चलकर देवराज इंद्र का पद सँभालें।"

देवर्षि ने नहुष की राजधानी पहुँचकर उनसे निवेदन किया, "हे राजन! इंद्र के अदृश्य हो जाने से अमरावती अवसाद में डूबी है, आप स्वर्ग चलकर देवराज इंद्र का पद सँभालें।"

देवर्षि का यह प्रस्ताव सुनकर राजा नहुष को पहले तो अपने कानों पर विश्वास नहीं हुआ। एक बारगी वे अचकचा गए। उन्हें सूझ ही नहीं पड़ा कि क्या कहें, क्या जवाब दें?

देवर्षि नारद और उनके साथ पधारे ऋषिगण ने फिर से एक बार निवेदन किया, "हे सम्राट्, समस्त देवों ने प्रसन्नतापूर्वक आपको देवराज मानते हुए स्वर्गलोक लाने की प्रार्थना की है। बिना किसी हिचकिचाहट के आप चलें और स्वर्ग के अधिपति का पद सँभालें। सभी ऋषिगण आपको अपने तप का एक बड़ा भाग देंगे, जिससे आपकी तेजस्विता इतनी प्रखर होगी कि कोई भी आपके सामने टिक न सकेगा।"

अभी तक प्रजापालन एवं तप-साधना में निरत नहुष अनायास ही इस परम दुर्लभ पद का प्रस्ताव पाकर प्रसन्न हो उठे। वे सोचने लगे कि अभी तक केवल सुना था कि तप से सभी कामनाओं की प्राप्ति होती है, लेकिन यह तो सचमुच ही सच हो गया। बिना माँगे ही इंद्र का पद अपने आप ही चलकर मेरे पास आ गया। सचमुच ही तप की महिमा अपार है। मन-ही-मन अपनी कल्पनाओं का ताना-बाना बुनते हुए नहुष ने प्रकट में देवर्षि के प्रस्ताव को स्वीकार कर लिया। ऋषियों के आग्रह पर अपनी सहमति व्यक्त कर दी।

नहुष पराक्रमी थे, नीतिकुशल एवं तपस्वी थे, पर तत्त्ववेत्ता ब्रह्मज्ञानी नहीं थे। तत्त्वज्ञान के अभाव में स्वर्ग के सुख-वैभव के बीच उनका तप मंद पड़ता गया, तप की ऊर्जा के अभाव में नीति परायणता केवल कुशलता के कौशल तक सिमट गई। असुरों के आक्रमण शांत थे, इसलिए पराक्रम की धार भी अब तेज न रही।

अमरावती भी नहुष के आगमन पर प्रसन्नता से छलक उठी। सम्राट् नहुष का व्यक्तित्व ही कुछ ऐसा था। वे पराक्रमी योद्धा, न्यायशील शासक, महान् मनीषी, दया, धर्म के आगार सभी कुछ एक साथ थे। सभी देवों, ऋषियों ने उनके इन्हीं गुणों का सम्मान करते हुए उन्हें इंद्र पद पर अभिषिक्त किया।

इंद्र के लुप्त होने की वार्त्ता समय के साथ धीरे-धीरे विस्मृति के गर्त

में विलीन होने लगी। देवगणों सहित अमरावती फिर से राग-रंग से तरंगित होने लगी। वहाँ फिर से हास-विलास और आमोद-प्रमोद की गूँज उठने लगी। नहुष के कुशल शासन में स्वर्ग के भोग फिर से चरम पर जा पहुँचे।

नहुष पराक्रमी थे, नीतिकुशल एवं तपस्वी थे, पर तत्त्ववेत्ता ब्रह्मज्ञानी नहीं थे। तत्त्वज्ञान के अभाव में स्वर्ग के सुख-वैभव के बीच उनका तप मंद पड़ता गया, तप की ऊर्जा के अभाव में नीति परायणता केवल कुशलता के कौशल तक सिमट गई। असुरों के आक्रमण शांत थे, इसलिए पराक्रम की धार भी अब तेज न रही। भोग और वैभव से भरे-पूरे स्वर्ग में केवल वासना की ज्वालाएँ धधकीं। कभी महान् तपस्वी एवं राजर्षि कहे जानेवाले नहुष अब केवल एक विलासी सम्राट् हो गए।

शची इंद्र के वियोग में वैसे भी विरह पीड़ित और दुःखी थी। नहुष की इन बातों से वह और अधिक घबरा गई। बेचारी आँसू बहाती हुई देवगुरु बृहस्पति के पास भागी आई।

वे कभी देवोद्यानों में, कभी नंदन कानन में, कभी हिमालय शिखर पर, कभी मंदराचल, कभी महेंद्र और कभी मलय पर्वत, कभी समुद्र तो कभी सरिता में अप्सराओं और देवांगनाओं से घिरे रहते; उनके साथ अनेक काम-क्रीड़ाओं में रमे रहते। नाना वाद्यों और सुमधुर गीतों के श्रवण से उनकी हृदयतंत्री निनादित रहती। देवराज के महिमामय पद पर अधिष्ठित उन नहुष की आनंद-विलास की लीलाओं में स्वयं विश्वावसु, गंधर्वों और अप्सराओं के समुदाय अभ्यर्थना के लिए उपस्थित रहते थे। ऋतुओं का शृंगार मानो देह धारण कर वहाँ छाया रहता था। स्वर्ग सुख की उद्दाम आनंद लहरियों में डूबते-उतराते नहुष यदा-कदा सोचते, उन्हें सचमुच ही तप का सुफल मिल रहा है। विलास मलिन उनकी धुँधली दृष्टि यह नहीं देख पा रही थी कि यह तप का

सुफल नहीं तप से पतन है। वे यह नहीं समझ पा रहे थे कि इस लगातार के पतन से उनका पूर्व अर्जित तप अब चुक चला है, और अब वे दुर्गति के द्वार पर खड़े हैं। पर यह सब वे देख पाने में असमर्थ थे। उन्हें तो केवल इंद्र की पत्नी शची नजर आ रही थी, जो इस समय अपने प्रासाद के बाह्य परिसर में विश्राम कर रही थी। इस सोती सुंदरी को देखकर उनके मन में वासना के सौ-सौ सर्प फुँफकार उठे। कामासक्त उनके मन-प्राण शची को पाने के लिए विचलित हो उठे। वासना ने नहुष के विवेक को हर लिया। ऐसे विवेकहीन विलासी स्वर्गाधिपति ने शची को अपनी पत्नी बनने के लिए आमंत्रण भेजा।

शची इंद्र के वियोग में वैसे भी विरह पीड़ित और दुःखी थी। नहुष की इन बातों से वह और अधिक घबरा गई। बेचारी आँसू बहाती हुई देवगुरु बृहस्पति के पास भागी आई।

देवी शची को अपने आश्रम में देख देवगुरु एक पल के लिए चौंके। पर दूसरे ही पल उन्होंने दिव्य दृष्टि से सबकुछ जान लिया। उन्होंने देख लिया कि कभी महान् तपस्वी एवं पराक्रमी शासक रहा नहुष अब अपने जीवन-पथ से भटक चुका है। फिर भी अभी वह महर्षियों द्वारा दिए गए, तप के तेज से सुरक्षित है। अपने द्वारा दिए गए तप के तेज को ये महर्षि ही वापस ले सकते हैं। महर्षियों द्वारा स्थापित नहुष उन्हीं परम तेजस्वी दिव्यात्माओं द्वारा हटाया जा सकता है।

अमरावती के हित के लिए देवी शची अपनी और सभी देवगण की कार्य-सिद्धि के लिए अपना हृदय कठोर बनाकर विलासी नहुष के समीप गईं। सलज्ज गरिमा भरी उस महादेवी ने अपने मन की भावनाएँ मुख पर लेशमात्र भी प्रकट न होने दीं।

सारी परिस्थिति का आकलन-विश्लेषण करके देवगुरु बृहस्पति कुछ पलों के लिए उपाय-समाधान की खोज में विचारमग्न हो गए। कुछ

क्षणों बाद उनके चेहरे पर प्रसन्नता का प्रकाश उभरा। उनके होंठों पर स्मित की हल्की सी रेखा झलकी। अब उन्होंने हल्के स्वर में देवी शची से कुछ कहा। इसे सुनकर इंद्राणी शची पहले तो घबराई, पर देवगुरु बृहस्पति के समझाने से वह मान गई। उन्हें बृहस्पति-नीति पर विश्वास था। इसके अनेक चमत्कार वह पहले भी देख चुकी थी।

अमरावती के हित के लिए देवी शची अपनी और सभी देवगण की कार्य-सिद्धि के लिए अपना हृदय कठोर बनाकर विलासी नहुष के समीप गईं। सलज्ज गरिमा भरी उस महादेवी ने अपने मन की भावनाएँ मुख पर लेशमात्र भी प्रकट न होने दीं।

इधर विवेकहीन, मद और काम से अंधे नहुष ने यम-नियम का पालन करनेवाले महान् तेजस्वी, तपोमूर्ति, ज्ञानमूर्ति, सप्तर्षियों को अपनी पालकी ढोने का आदेश दिया। उसके इस आदेश पर सभी ऋषियों ने एक-दूसरे की ओर देखा, फिर इंद्र पद की गरिमा का खयाल करके पालकी उठा ली।

शची को अपने समीप आया देख नहुष आशा और उत्कंठा से भर गया। विस्मय भरे स्वर में वह बोला, "हे सुंदरी मुझे स्वीकार करते समय, तुम्हारा जो भी कार्य होगा, उसे मैं सिद्ध करूँगा। तुम्हारा प्रिय करने के लिए मैं तत्पर हूँ।"

नहुष के इन वचनों से संकुचित शची ने जैसे-तैसे अपने को सँभालते हुए कहा, "जगत्पते, आप मुझे हर तरह से स्वीकार हैं, लेकिन आपको अपने पति के रूप में स्वीकार करने से पूर्व मेरी एक कामना है।"

"कहो-कहो शीघ्र ही कहो, मैं इसे पूर्ण करने में तनिक भी विलंब नहीं करूँगा।" नहुष के ये वचन उसके तप एवं पुण्य समाप्त हो जाने की घोषणा कर रहे थे।

इंद्राणी कहने लगीं, "देवेश्वर! सभी सप्तर्षि एकत्र होकर शिविका

(पालकी) द्वारा आपको वहन करके लाएँ, बस यही मेरी प्रिय कामना है।"

विवेकहीन नहुष शची की बात सुनकर हर्षित हो उठा, "सुंदरी! तुमने तो अपूर्व वाहन बताया है। मुझे तुम्हारी बात रुचिकर लगी है। अब तुम प्रसन्न हो जाओ। सभी ऋषि, देवता, गंधर्व, किन्नर मेरे अधीन हैं। मैं तुम्हारी प्रत्येक आज्ञा का पालन करूँगा। संपूर्ण सप्तर्षि मंडल और ब्रह्मर्षि मेरी पालकी ढोएँगे।"

नहुष की इस गर्वोक्ति से शची एक क्षण के लिए तो घबराई, लेकिन उसे देवगुरु बृहस्पति की नीति पर विश्वास था। उन्होंने कहा था, "देवी शची, ब्रह्मर्षियों से सेवा लेना महापाप है। इस महापाप से नहुष स्वयं विनष्ट हो जाएगा।" बृहस्पति के इन्हीं वचनों का स्मरण करके शची अपने भवन में चली गई।

इधर विवेकहीन, मद और काम से अंधे नहुष ने यम-नियम का पालन करनेवाले महान् तेजस्वी, तपोमूर्ति, ज्ञानमूर्ति, सप्तर्षियों को अपनी पालकी ढोने का आदेश दिया। उसके इस आदेश पर सभी ऋषियों ने एक-दूसरे की ओर देखा, फिर इंद्र पद की गरिमा का खयाल करके पालकी उठा ली।

सुंदर सजी हुई इस पालकी में नहुष आसीन था। निर्मल अंत:करण वाले ब्रह्मर्षि पापाचारी नहुष का बोझ ढोते-ढोते पीड़ित हो रहे थे। वह और उतावला हो रहा था और उनसे जल्दी-जल्दी चलने को कह रहा था। महर्षि अगस्त्य पर उसके उतावलेपन का कोई प्रभाव नहीं था। ब्रह्मचिंतन में निमग्न वे अपनी मंथर गति से चल रहे थे। वही सबसे आगे थे। उनकी गति से सबकी गति प्रभावित होना स्वाभाविक था। इस पर उतावले नहुष ने सर्प-सर्प (जल्दी चलो, जल्दी चलो) कहते हुए उनके मस्तक पर अपने पैर से प्रहार किया। इस प्रकार प्रहार करते ही नहुष उसी क्षण तेजहीन-श्रीहीन हो भयाक्रांत हो गया।

महासमुद्र को भी अपने तपोबल से सुखा देने वाले ब्रह्मर्षि अगस्त्य

उसके इस व्यवहार से कुपित हो गए। वे बोले, "ब्रह्म के समान दुर्धर्ष तेजस्वी ऋषियों को वाहन बनाकर अपनी पालकी ढुलवाने वाले मूर्ख नहुष, तुम अब इंद्र पद के योग्य नहीं रह गए। अतः हमारा शाप है कि तुम स्वर्ग से भ्रष्ट होकर पृथ्वी पर सर्प की योनि में जीवन बिताओ।" अमित तेजस्वी महर्षि अगस्त्य के अमोघ शाप से भयभीत हो नहुष ने उनके चरणों में गिरकर अपने उद्धार का उपाय पूछा। अब वह मदांध और कामांध देवलोक का सम्राट् नहीं, स्वर्ग से पतित एक सामान्य जीवात्मा था। ऐसा जीवात्मा जो अपने तप एवं पुण्य की सारी पूँजी गवाँ बैठा था।

ब्रह्मर्षि अगत्स्य को उस पर दया आ गई। वह उस पर कृपा करते हुए बोले, "वत्स नहुष, तप का सुफल ज्ञान है। तुमने इस सत्य को न जानकर अपने तप के बदले भोग की कामना की, इसीलिए तुम भटके एवं पतित हुए। तपस्वी को ज्ञान की अभीप्सा करनी चाहिए। और ज्ञान हो जाने पर भी तप का मार्ग कभी छोड़ना नहीं चाहिए। अब जाओ अपना प्रायश्चित्त पूरा करो। मेरे आशीष से तुम्हारे जीवन में पुनः तप का मार्ग प्रशस्त होगा। पर अब सदा ही तप का उद्‌देश्य एवं आदर्श स्मरण रखना। अहंकार कभी मत करना।"

❑

16

अहंकार के पागलपन से बचें

बहुत से अहंकारी व्यक्ति आसपास देखे जा सकते हैं, जो अहंकार में ऐसे पागल होते हैं कि बस। जैसे—एक बार किसी व्यक्ति को हाथ पर थोड़ी सी चोट लग गई। उस पर एक मक्खी मँडराने लगी। व्यक्ति उसे बार-बार उड़ाता, लेकिन वह फिर आकर बैठ जाती। जनाब का पारा सातवें आसमान पर। उन्होंने झपट्टा मार कर मक्खी को पकड़ा। मक्खी में जान ही कितनी होती है, बेचारी मर गई। परंतु उनका अहंकार शांत नहीं हुआ। उसे एक पत्थर पर रखा और हथौड़े से पीट-पीटकर ऐसा कर दिया कि पता ही नहीं लगा कि उसे कुचला या पत्थर तोड़ा। यह अहंकार था या हैवानियत? तनिक अहंकार में वह व्यक्ति अपना मानसिक संतुलन खो बैठा और मरी हुई मक्खी को हथौड़े से पीटने लगा।

अहंकार करनेवालों से लोग कटने लगते हैं, अर्थात् उनसे दूर भागने लगते हैं। उनसे बात करने में कतराने लगते हैं; क्योंकि न जाने कब वे भड़क जाएँ और झगड़ा हो जाए। एक तरह से ऐसे व्यक्ति समाज से कट जाते हैं, जो उनकी सफलता के लिए अत्यंत घातक होता है। अहंकार मनुष्य का एक बहुत ही घातक अवगुण है। किसी भी कार्य में सफलता के लिए इस अवगुण पर विजय पाना अत्यंत आवश्यक है।

प्राचीन समय की बात है, चारों ओर जल-ही-जल था। केवल भगवान् विष्णु शेषनाग की शय्या पर सोए हुए थे। उसी समय मधु और कैटभ नाम के दो महापराक्रमी दानव उत्पन्न हुए। वे सोचने लगे कि हमारी उत्पत्ति का कारण क्या है ? कैटभ ने कहा, "भैया मधु, इस जल से हमारी सत्ता को कायम रखनेवाली भगवती महाशक्ति ही हैं। वे ही परम आराध्य शक्ति हमारी उत्पत्ति का कारण हैं।"

मधु-कैटभ ने हजार वर्ष तक तपस्या कर महाशक्ति को प्रसन्न कर लिया। उसने उनसे स्वेच्छा मरण का वर माँग लिया। देवी ने कहा, "मेरी इच्छा से ही मौत तुम्हें मार सकेगी। देव और दानव कोई भी तुम दोनों भाइयों को पराजित नहीं कर सकेगा।"

मधु-कैटभ ने हजार वर्ष तक तपस्या कर महाशक्ति को प्रसन्न कर लिया। उसने उनसे स्वेच्छा मरण का वर माँग लिया। देवी ने कहा, "मेरी इच्छा से ही मौत तुम्हें मार सकेगी। देव और दानव कोई भी तुम दोनों भाइयों को पराजित नहीं कर सकेगा।"

देवी से वर पाकर मधु और कैटभ को अहंकार हो गया। ब्रह्मा के साथ-साथ वे सभी देवताओं को परेशान करने लगे। वे दोनों भगवान् विष्णु से वर्षों तक युद्ध करने के बावजूद परास्त नहीं हुए। विचार करने पर भगवान् को ज्ञात हुआ कि इन दोनों दैत्यों को भगवती की कृपा के बिना मारना असंभव है। इतने में ही उन्हें भगवती योगनिद्रा के दर्शन हुए। भगवान् ने रहस्यपूर्ण शब्दों में भगवती की स्तुति की। भगवती ने प्रसन्न होकर कहा, "श्रीविष्णु, आप देवताओं के स्वामी हैं। मैं इन दैत्यों को माया से मोहित कर दूँगी, तब आप इन्हें मार डालें।"

भगवती का अभिप्राय समझकर भगवान् ने मधु-कैटभ से कहा कि तुम दोनों के युद्ध से मैं अति प्रसन्न हूँ, इसलिए तुम मुझसे इच्छानुसार

वर माँगो। दैत्य भगवती की माया से मोहित हो चुके थे अहंकारवश विष्णु से ही वर माँगने को कहा। भगवान् बोले, "यदि वर देना ही चाहते हो तो मेरे हाथों मृत्यु स्वीकार करो।"

भगवती की कृपा से मोहित होकर मधु–कैटभ अपनी ही बातों में ठगे गए। भगवान् विष्णु ने दैत्यों को सुदर्शन चक्र से पराजित कर दिया। इस प्रकार मधु और कैटभ का अंत हो गया।

❑

17

सफलता पर अहंकार नहीं

अहंकार मनुष्य का वह दुर्गुण है, जिसके चलते वह कुछ नहीं होते हुए भी स्वयं को सर्वोपरि समझता है। या अनेक गुणों के होते हुए भी इस दुर्गुण के कारण वह कुछ नहीं होता। क्योंकि अहंकार में वह इतना मस्त हो जाता है कि अपने सद्गुणों का भी नाश कर बैठता है। अहंकारी व्यक्ति सफलता की सीढ़ी के सबसे निचले पायदान पर खड़ा रहकर ही स्वयं को सर्वोपरि समझता है। इसी भावावेश में वह सफलता से दूर रह जाता है। उसका स्वाद तक नहीं चख पाता। सर्वगुण संपन्न व्यक्ति भी जब इस अहंकार का शिकार होता है तो यदि वह सफलता के उच्च शिखर पर बैठा हो तो भी धम्म से नीचे आ गिरता है।

सफलता और असफलता मनुष्य जीवन की दो सीढ़ियाँ हैं। असफलता मनुष्य को सफलता की सीढ़ी पर चढ़ने के लिए अग्रसर करती है। मनुष्य एक बार, दो बार या तीन बार असफल होगा अंततः ये असफलताएँ उसे आगे बढ़ने की प्रेरणा देंगी। लेकिन मनुष्य को स्वयं को सफलता की सीढ़ी पर चढ़ाना है न कि सफलता के अहंकार को स्वयं पर हावी होने देना है। यदि मनुष्य पर सफलता का अहंकार चढ़ा तो उसे अनेक दुर्गुण आ घेरेंगे और वह सफल होकर भी कुछ प्राप्त नहीं कर पाएगा।

अहंकार करना मूर्ख और चापलूस किस्म के लोगों की औषधि है, जिसे लेते ही उनके संपूर्ण शरीर में उत्साह का संचार होता है, जबकि सफलता चाहने वाले लोग इससे दूर भागते हैं; क्योंकि वे इसे विष समान समझते हैं। अहंकारी व्यक्ति अपने अहंकार में सामने वाले को कुछ नहीं समझता। वह यह भी भूल जाता है कि उसके सामने कौन है ? क्या है ? वह सामने वाले का अपमान करने से भी नहीं चूकता।

एक गाँव में एक ठाकुर का बहुत रौब था। वह जहाँ से निकलता, लोग राम-राम करते-करते थक जाते। वैसे तो ठाकुर खुशहाल था, घर अच्छा था। बस उसके पास खेत-खलियानों की कमी थी। सभी से इज्जत पाकर वह ये समझ बैठा कि "मैं ही हूँ।" बस अहंकार ने उसे आ घेरा।

एक गाँव में एक ठाकुर का बहुत रौब था। वह जहाँ से निकलता, लोग राम-राम करते-करते थक जाते। वैसे तो ठाकुर खुशहाल था, घर अच्छा था। बस उसके पास खेत-खलियानों की कमी थी। सभी से इज्जत पाकर वह ये समझ बैठा कि "मैं ही हूँ।" बस अहंकार ने उसे आ घेरा।

एक दिन वह चने के एक खेत के पास से गुजर रहा था। खेत में चने के हरे-हरे पौधे लहलहा रहे थे। उन्हें देखकर उसका मन ललचा गया। उसने सोचा, 'चलो, चने तोड़कर खाते हैं।' थोड़ी दूरी पर किसान खाट पर लेटा था। ठाकुर ने सोचा, 'सभी मेरी बहुत इज्जत करते हैं। मुझसे कोई कुछ नहीं कहेगा। परंतु फिर भी मैं चुपचाप तोड़ लेता हूँ। किसान सो रहा है।' वह खेत की बाड़ से रेंगकर अंदर घुसने लगा कि पत्तों की खड़खड़ाहट सुनकर किसान उठ बैठा और बोला, "कौन है वहाँ ?"

किसान की आवाज सुनकर ठाकुर छिप गया। किसान ने फिर कहा, "कौन है वहाँ ? सामने आओ।"

आखिर ठाकुर को सामने आना पड़ा। उसे देखकर किसान राम-राम करके बोला, "अरे ठाकुर साहब, आप इस प्रकार!"

ठाकुर बोला, "तो क्या हुआ। मुझे ऐसे चलने से तुम रोक सकते हो? मैं कभी-कभी ऐसे ही हाथ-पैर के बल चलता हूँ। तुम्हें कोई परेशानी?"

किसान समझदार था। उसने सोचा ठाकुर अहंकारवश ऐसा कह रहा है। इसकी इज्जत उतारना ठीक नहीं होगा, क्योंकि अहंकारी केवल अपने अहंकार के नशे में डूबा रहता है। वह अपने समक्ष किसी को कुछ नहीं समझता। किसान ने केवल इतना कहा, "अरे ठाकुर साहब! यह तो बहुत अच्छा है, आप ऐसे भी चल लेते हैं। कैसे आना हुआ?"

ठाकुर बोला, "बस ऐसे ही ठंडी हवा का आनंद ले रहा था।" यह कहकर वह अकड़ता हुआ, वहाँ से चल दिया।

किसान ने सही निर्णय लिया, क्योंकि अहंकारी केवल स्वयं को जानता है। वह जो कहता है, वही सच होता है। उसके समक्ष कोई कुछ नहीं होता।

❑

18

दुलहन का झूठा अहंकार

अहंकार के जन्म के लिए कोई बहुत बड़ी रूपरेखा नहीं बनानी पड़ती। यह तो क्षण भर में मन में समा जाता है और मनुष्य पर अपना आधिपत्य जमा लेता है।

एक व्यक्ति अपनी नई-नवेली दुलहन को समझाते हुए बोला, "देखो डार्लिंग, घर में कोई बुजुर्ग नहीं है और न ही अन्य कोई सहयोगी। तुम्हें खाना बनाना नहीं आता, इसलिए तुम अपने पड़ोस में रहनेवाली माँजी से पूछ लेना।" दुलहन ने हामी भर दी।

अब वह माँजी के सहयोग से खाना पकाने लगी। जब माँजी खाना बना देतीं तो दुलहन कहती, "माँजी, यह तो मैं बनाना जानती थी।" फिर वह हमेशा ऐसा ही कहने लगी।

इधर जब पति खाना खाता तो पत्नी की प्रशंसा करता। प्रशंसा सुन-सुनकर पत्नी को अहंकार ने घेर लिया। वह सोचने लगी कि उसके सिवाय और कोई अच्छा खाना नहीं बना सकता। माँजी तो बस वैसे ही हाथ चलाती हैं। एक दिन वह व्यक्ति बोला, "कल मेरी तरक्की हो रही है। शाम को हलुवा-पूड़ी बनाकर रखना।"

पत्नी परेशान, क्या करे, क्या न करे। उसने माँजी को बुलाया। माँजी भी उसके अहंकार से परेशान थीं। उसे सबक सिखाना चाहती थीं। अतः

आई और उसे सबकुछ समझा दिया कि कैसे क्या बनाना है। जाते-जाते वे कह गईं कि हलुवे को स्वादिष्ट बनाने के लिए उसमें एक मुट्ठी नमक भी डाल देना।

> **शाम को पति जब खाने बैठा तो पत्नी की प्रशंसा करते हुए बोला, "लगता है, आज तुमने हलुवा बहुत अच्छा बनाया है। बड़ी खुशबू आ रही है।" पत्नी अहंकार में भरकर बोली, "होगा क्यों नहीं, मैंने जो बनाया है।"**

शाम को पति जब खाने बैठा तो पत्नी की प्रशंसा करते हुए बोला, "लगता है, आज तुमने हलुवा बहुत अच्छा बनाया है। बड़ी खुशबू आ रही है।"

पत्नी अहंकार में भरकर बोली, "होगा क्यों नहीं, मैंने जो बनाया है।"

लेकिन जैसे ही पति ने हलुवा चखा तो क्रोधित हो उठा। उसने उसी समय माँजी को बुलाया और कहा, "माँजी! आपने इसे ऐसा खाना बनाना सिखाया?"

माँजी बोलीं, "बेटा! तेरी पत्नी बहुत अहंकारी है। मैं इसे जो भी बनाना सिखाती, यह कहती ये सब तो मैं पहले से ही जानती थी। इसलिए इसके अहंकार को नष्ट करने के लिए मैंने आज इससे ऐसा नमकीन हलुवा बनवाया।" यह सुनकर पत्नी का सिर शर्म से झुक गया। अहंकारी मनुष्य का सिर हमेशा झुकता है। इस प्रकार अहंकार क्षण भर में मनुष्य को अपनी गिरफ्त में लेकर उसे असफलता की ओर धकेल देता है। अहंकाररूपी अवगुण से मनुष्य को सतत बचना चाहिए, क्योंकि सफलता चाहने वालों के लिए यह बहुत घातक होता है।

❑

19

अहंकार का भ्रम

अहंकार को ढूँढ़ने के लिए मनुष्य को कहीं जाना नहीं पड़ता, अपितु यह कहें कि अहंकार अपने शिकार को स्वयं ढूँढ़ लेता है। मनुष्य अहंकार के अनेकानेक कारण बना लेता है। घर-परिवार का अहंकार, ज्ञान का अहंकार, बड़ी नौकरी का अहंकार, धन का अहंकार आदि-आदि। मनुष्य पग-पग पर अहंकार के कारण बना लेता है और उन्हें जबरदस्ती गले लगाकर बैठ जाता है। स्वयं को भ्रम की स्थिति में रखता है।

अहंकार मनुष्य की योग्यता को चट कर जाता है, क्योंकि अहंकार के कारण वह कहीं और ध्यान नहीं लगा पाता और अपनी आंतरिक शक्ति को भूल बैठता है। समस्या को कैसे सुलझाना है, उसे भूलकर वह केवल समस्या पर केंद्रित रहता है और उसके चारों ओर घूमता हुआ स्वयं को रोगों से ग्रस्त कर लेता है। इसके विपरीत यदि वह उस समस्या के हल को खोज ले तो न समस्या रहेगी, न ही अहंकार।

अहंकार छोड़ने पर मनुष्य मृत्यु पर विजय पा लेता है अर्थात् उसे मृत्यु का भय नहीं सताता। वह निर्भय होकर जीवन जीना सीख जाता है और सफलता की ओर बढ़ता जाता है।

एक पौराणिक कथा के अनुसार कुबेर तीनों लोकों में सबसे धनी थे। एक दिन उन्होंने सोचा कि मेरे पास इतनी संपत्ति है, लेकिन कम ही लोगों

को इसकी जानकारी है। इसलिए उन्होंने अपनी संपत्ति का प्रदर्शन करने के लिए एक भव्य भोज का आयोजन करने की बात सोची। उसमें तीनों लोकों के सभी देवताओं को आमंत्रित किया गया।

भगवान् शिव उनके इष्ट देवता थे, इसलिए उनका आशीर्वाद लेने वे कैलाश पहुँचे और कहा, "प्रभो! आज मैं तीनों लोकों में सबसे धनवान हूँ, यह सब आपकी कृपा का फल है। मैं अपने निवास पर एक भोज का आयोजन करने जा रहा हूँ, कृपया आप परिवार सहित भोज में पधारने की कृपा करें।"

भगवान् शिव कुबेर के मन का अहंकार ताड़ गए, बोले, "वत्स! मैं कहीं बाहर नहीं जाता।" कुबेर गिड़गिड़ाने लगे, "भगवन्! आपके बगैर तो मेरा सारा आयोजन बेकार चला जाएगा।" तब शिवजी ने कहा, "एक उपाय है। मैं अपने छोटे बेटे गणपति को तुम्हारे भोज में जाने को कह दूँगा।"

भगवान् शिव कुबेर के मन का अहंकार ताड़ गए, बोले, "वत्स! मैं कहीं बाहर नहीं जाता।"

कुबेर गिड़गिड़ाने लगे, "भगवन्! आपके बगैर तो मेरा सारा आयोजन बेकार चला जाएगा।"

तब शिवजी ने कहा, "एक उपाय है। मैं अपने छोटे बेटे गणपति को तुम्हारे भोज में जाने को कह दूँगा।"

कुबेर संतुष्ट होकर लौट आए।

नियत समय पर कुबेर ने भव्य भोज का आयोजन किया। तीनों लोकों के देवता पहुँच चुके थे। अंत में गणपति आए और आते ही कहा, "मुझको बहुत तेज भूख लगी है। भोजन कहाँ है।"

कुबेर उन्हें भोजन से सजे कमरे में ले गए। सोने की थाली में भोजन परोसा गया। क्षण भर में ही परोसा गया सारा भोजन खत्म हो गया। दोबारा खाना परोसा गया, उसे भी खा गए। बार-बार खाना परोसा जाता और क्षण भर में गणेशजी उसे चट कर जाते।

थोड़ी ही देर में हजारों लोगों के लिए बना भोजन खत्म हो गया, लेकिन गणपति का पेट नहीं भरा। वे रसोईघर में पहुँचे और वहाँ रखा सारा कच्चा सामान भी खा गए, तब भी भूख नहीं मिटी। जब सबकुछ खत्म हो गया तो गणपति ने कुबेर से कहा, "जब तुम्हारे पास मुझे खिलाने के लिए कुछ था ही नहीं तो तुमने मुझे न्योता क्यों दिया था ?"

कुबेर का अहंकार चूर-चूर हो गया।

❑

20

मानसिकता में बदलाव

अहंकार से भागकर हम कभी भी नहीं बच सकते, परंतु यदि उसके प्रति स्वयं की मानसिकता को बदला जाए तो अहंकार को दूर भगाया जा सकता है। अतः अहंकार से भागना नहीं चाहिए, क्योंकि अहंकार आपको छोड़ेगा नहीं। वह आपके ही साथ लगा रहता है। लेकिन अहंकार को कैसे भगाया जा सकता है? उसका उपाय यही है कि अहंकार के प्रति अपनी मानसिकता बदलें अर्थात् अहंकार से मुक्ति पाने के उपाय अपनाएँ। अहंकार बाहरी नहीं होता कि उसे कपड़ों की तरह उतारकर एक ओर रख दिया जाए। अहंकार मनुष्य के अंतर्मन में बसता है। अतः मन को वश में करने पर अहंकार दूर होता है। अपने मन को वश में करके उस समस्या का हल ढूँढ़ना चाहिए, जिसके कारण अहंकार मन में घर बनाता है।

भगवान् दत्तात्रेय गुरुओं के भी गुरु हैं। वे आदिगुरु और ब्रह्मा, विष्णु और महेश के सम्मिलित अवतार कहे जाते हैं। उन्होंने जीवन में हर छोटे-से-छोटे प्राणी से शिक्षा लेने को कहा है, ताकि हम अपने जीवन को बेहतर बना सकें। ईश्वरीय अवतार होकर भी उन्होंने चौबीस गुरु बनाए और गुरुपद को महत्ता प्रदान की। दत्तात्रेय ने बताया कि जीवन में जिस किसी से भी ज्ञान की प्राप्ति होती है, उसे अपना गुरु बना लें।

उनके गुरुओं में पृथ्वी, पिंगला वेश्या, कबूतर, सूर्य, वायु, हिरण, समुद्र, पतंगा, हाथी, आकाश, जल, मधुमक्खी, मछली, कुरर पक्षी, बालक, आग, चंद्रमा, कुमारी कन्या, शरकृत या तीर बनाने वाला, साँप, मकड़ी, भृंगी कीट, भौंरा और अजगर शामिल हैं।

हर मनुष्य के भीतर ही भगवान् का वास है, यह बोध हमें दत्तात्रेय के स्मरण से होता है। जब हमें यह बोध हो जाता है कि प्रत्येक मनुष्य में ईश्वर हैं तो हम सभी के साथ प्रेमपूर्वक व्यवहार करते हैं और कभी दूसरों का अहित नहीं करते। भगवान् दत्तात्रेय बताते हैं कि हमें मनुष्य के भीतर बैठे देव का आदर करना चाहिए।

❑

21

अहंकार असफलता की सीढ़ी

छल, कपट, अहंकार—ये वे दुर्गुण हैं, जो मनुष्य को नकारा, निकम्मा, लोभी, चोर, लालची आदि बनाते हैं अर्थात् यह कहा जाए कि मनुष्य को जीवन में असफल करते हैं। अपने अहंकार-पूर्ति के लिए किसी को छलना, कहाँ की इनसानियत है? अथवा उनके सहारे क्या मनुष्य सफल हो सकता है?

वास्तविकता तो यह है कि मनुष्य अहंकार करके स्वयं के लिए असफलता की सीढ़ी तैयार करता है। अहंकार करना धीरे-धीरे मनुष्य की आदत बन जाती है। फिर वह बात-बात पर झूठ बोलता है, दूसरों को अँधेरे में रखता है। मनुष्य की यह आदत अपने करीबी लोगों को भी प्रभावित करती है। जहाँ छोटे इस आदत को अपना लेते हैं, वहीं बड़े ऐसे व्यक्ति से परेशान हो जाते हैं; क्योंकि यह आदत झगड़े-फसाद का कारण बनती है। लेकिन फिर भी मनुष्य अपनी इस आदत को छोड़ता नहीं है।

यह एक ऐसी आदत होती है, जिसमें मनुष्य को अहंकार का एक नशा सा हो जाता है। वह दूसरों पर अहंकार झाड़ने में अपनी शान समझता है। लेकिन यह कोई शान का कार्य नहीं है। मनुष्य का अहंकार उसे मुँह के बल गिराता है। क्योंकि उस पर कोई भी विश्वास नहीं करता।

इसके कारण उसे अपने मान-सम्मान से भी हाथ धोना पड़ता है।

इस दुर्गुण से बचना चाहिए, तभी सफलता का मार्ग प्रशस्त होता है। अहंकार एक महादुर्गुण है, जो मनुष्य को असफलता के गहन अंधकार की ओर ले जाता है, जिससे बचने पर ही मनुष्य सही मार्ग पर अग्रसर हो पाता है।

किसी जंगल में चींटियों का झुंड रहता था, उसकी रानी बहुत मेहनती थी। सुबह-सुबह ही वो अपनी टोली के साथ खाने की तलाश में निकल पड़ती। इसी जंगल में एक घमंडी हाथी भी रहता था। वह जंगल में सभी जानवरों को परेशान करता था। कभी गंदे नाले से सूँड़ में पानी भरकर उन पर फेंक देता, तो कभी अपनी ताकत का प्रदर्शन करके उन्हें डराता।

उस हाथी को इन चींटियों से बड़ी ईर्ष्या होती थी। वह उन्हें जब भी देखता, तो पैरों से कुचल देता। एक दिन चींटी रानी ने हाथी से विनम्रता से पूछा कि आप दूसरों को क्यों परेशान करते हो? यह आदत अच्छी नहीं है।

उस हाथी को इन चीटियों से बड़ी ईर्ष्या होती थी। वह उन्हें जब भी देखता, तो पैरों से कुचल देता। एक दिन चींटी रानी ने हाथी से विनम्रता से पूछा कि आप दूसरों को क्यों परेशान करते हो? यह आदत अच्छी नहीं है।

यह सुनकर हाथी क्रोधित हो गया और उसने चींटी को धमकाया कि तुम अभी बहुत छोटी हो, अपनी जुबान पर लगाम लगाकर रखो, मुझे मत सिखाओ कि क्या सही है, क्या गलत वरना तुम्हें भी कुचल दूँगा।

यह सुन चींटी निराश हुई, लेकिन उसने मन-ही-मन हाथी को सबक सिखाने की ठानी। चींटी पास ही एक झाड़ी में छिप गई और मौका देखते ही चुपके से हाथी की सूँड़ में घुस गई। फिर उसने हाथी को काटना शुरू कर दिया। हाथी परेशान हो उठा। उसने सूँड़ को जोर-जोर

से हिलाया, लेकिन कोई फायदा नहीं हुआ। हाथी दर्द से कराहने और रोने लगा। यह देख चींटी ने कहा कि हाथी भइया, आप दूसरों को परेशान करते हो, तो बड़ा मजा लेते हो, तो अब खुद क्यों परेशान हो रहे हो?

हाथी को अपनी गलती का एहसास हो गया और उसने चींटी से माफी माँगी कि आगे से वो कभी किसी को नहीं सताएगा। चींटी को उस पर दया आ गई। वो बाहर आकर बोली कि कभी किसी को छोटा और कमजोर नहीं समझना चाहिए। यह सुन हाथी बोला कि मुझे सबक मिल चुका है। मुझे अच्छी सीख दी तुमने। अब हम सब मिलकर रहेंगे और कोई किसी को परेशान नहीं करेगा।

❑

22

आत्मविश्वास से दूर करें अहंकार

अहंकार से वे मनुष्य ग्रस्त होते हैं, जिनमें आत्मविश्वास की कमी होती है। इस प्रकार की भावना से ग्रस्त व्यक्तियों को अंदर-ही-अंदर भय सताता रहता है कि कोई कुछ कह न दे, उनसे कोई गलती न हो जाए, वे यह नहीं कर सके तो कोई क्या कहेगा। यह बिना बात का भय उन्हें गर्त में ले जाता है, जिससे वे अपनी शक्तियों को भूल जाते हैं। वे लोगों से छिपते फिरते हैं। अन्य लोगों से नजरें बचाते फिरते हैं। इस प्रकार के लोग एकांतप्रिय होते हैं। ये लोग मित्रों और सगे-संबंधियों तक से दूर भागते हैं कि कहीं उनसे बातचीत न करनी पड़ जाए या ऐसा न हो जाए कि सगे-संबंधी, मित्रादि उनका अपमान कर दें, डाँट दें, मार दें आदि-आदि विचार स्वत: ही उनके मन में विचरते रहते हैं।

मार्ग में परिचित दिख जाएँ तो ये ऐसे हो जाते हैं मानो उन्हें देखा ही न हो। ऐसा क्यों? कौन सा डर है, जो इन्हें हर क्षण सताता है? वह डर है आत्मविश्वास की कमी। मनुष्य को अपने अंदर आत्मविश्वास पैदा करना चाहिए, जिससे कि इस प्रकार का अहंकार जगह नहीं बना पाए। इसके लिए लोगों से मिलना, उनके बीच उठना-बैठना, उनसे बातचीत करनी चाहिए। जिससे आत्मविश्वास पैदा हो। लोगों के सवालों का, तर्कों का सामना करने का साहस पैदा हो। अहंकार से ग्रस्त व्यक्ति सफलता

प्राप्त नहीं कर पाते। क्योंकि वे न तो किसी से कुछ सुन पाते हैं और न ही अपनी बात किसी से कह पाते हैं।

अहंकार का स्वरूप नकारात्मक नहीं होता, कभी-कभी ज्ञानी भी अहंकारी बन जाता है।

एक संत अपने शिष्यों के साथ देश भ्रमण पर निकले थे। संत ने यह संकल्प किया था कि वे किसी से भिक्षा माँगकर अपना पेट नहीं भरेंगे; उन्हें जो भी बिना माँगे मिलेगा, बस वही ग्रहण करेंगे। इसी तरह उन्हें एक महीने कुछ भी प्राप्त नहीं हुआ और उन्होंने एक महीने तक कुछ नहीं खाया-पिया। इसका उनके स्वास्थ्य पर कुछ भी असर नहीं हुआ, उनके चेहरे का तेज वैसा ही बना रहा।

एक संत अपने शिष्यों के साथ देश भ्रमण पर निकले थे। संत ने यह संकल्प किया था कि वे किसी से भिक्षा माँगकर अपना पेट नहीं भरेंगे; उन्हें जो भी बिना माँगे मिलेगा, बस वही ग्रहण करेंगे। इसी तरह उन्हें एक महीने कुछ भी प्राप्त नहीं हुआ और उन्होंने एक महीने तक कुछ नहीं खाया-पिया। इसका उनके स्वास्थ्य पर कुछ भी असर नहीं हुआ, उनके चेहरे का तेज वैसा ही बना रहा।

एक दिन मार्ग में संत को एक विवाहित जोड़ा दिखाई दिया। संत ने रुककर उस जोड़े से भोजन की याचना की, लेकिन उन्होंने मना कर दिया और आगे जाने को कहा। संत मुसकराते हुए आगे बढ़ गए।

यह पूरी घटना संत का एक शिष्य देख रहा था और वह जानता था कि संत ने तो याचना न माँगने का संकल्प किया था। इसलिए उसने संत से पूछा, "हे गुरुदेव, आपने इस विवाहित जोड़े से भिक्षा क्यों माँगी?"

तब संत ने विनम्र भाव से उत्तर दिया, "पुत्र! बहुत दिनों से भिक्षा न माँगने के कारण मुझे भिक्षा न माँगने

का अहंकार हो गया था, इसलिए मैंने अपना प्रण तोड़ा और भिक्षा माँगी और जब उस जोड़े ने मुझे भिक्षा नहीं दी, तब मेरा अहम् टूट गया और अब मुझे आत्मीय संतोष मिला है।"

इस प्रकार, अहंकार से ग्रस्त व्यक्ति अवसरों का लाभ नहीं उठा पाता।

❑

23

कैसे पैदा होता है अहंकार

अहंकार कैसे पैदा होता है? जब किसी से यह कहा जाए कि तुम नकारा हो, निकम्मे हो, जीवन में कुछ नहीं कर सकते। बच्चों को अध्यापक या परिवार वाले जब हर बात पर डाँटते हैं, तुच्छ समझते हैं, तब ऐसे बच्चों को धीरे-धीरे अहंकार जकड़ लेता है। वे यह सोचने लगते हैं कि वे कुछ नहीं कर सकते।

हतोत्साहित करने की अपेक्षा बच्चों अथवा बड़ों का उत्साह बढ़ाना चाहिए। विशेषकर बच्चों को तो उत्साहित करना अत्यावश्यक होता है, क्योंकि इस उम्र में उनके उत्साह को न बढ़ाकर उनको हतोत्साहित किया जाए तो वे कुंठित हो जाते हैं और आगे चलकर अहंकार से ग्रस्त हो जाते हैं।

अहंकारी मनुष्यों की स्थिति ऐसी होती है कि वे अपनी ही परछाईं से डरने लगते हैं और उससे बचने का प्रयास करते हैं। इसी प्रकार अहंकार भी मनुष्य का पीछा तब तक नहीं छोड़ता, जब तक कि वह उससे बचने का प्रयास न करे। जहाँ मनुष्य अहंकार से बचा और वहीं उसमें सफलता प्राप्त करने के लिए लालसा जागी।

मनुष्य में क्या अंदरूनी ताकत है, वह स्वयं भी नहीं जानता। लेकिन जब उन्हें जाग्रत् करता है तो स्वयं ही हक्का-बक्का रह जाता है कि वह

कुछ भी कर सकता है। इसलिए अहंकार से ग्रस्त होने की अपेक्षा आत्मविश्वास से कार्य करना चाहिए।

घने जंगल में कहीं नीम और आम के पेड़ थे। दोनों एक-दूसरे के एकदम करीब थे। नीम का पेड़ आम के पेड़ से बड़ा था, इसलिए उसे अपने बड़े होने का अहंकार था। एक दिन मधुमक्खियों की रानी नीम के पेड़ के पास गई और बोली कि "क्या हम यहाँ अपना छत्ता बना सकते हैं?"

नीम के पेड़ को तो अपने बड़े होने का अहंकार था और उसने मधुमक्खी रानी को सीधे मना कर दिया। पासवाला आम का पेड़ बोला कि "बना लेने दो न इन मधुमक्खियों को छत्ता, ये तुम्हारी डाल पर छत्ता बनाकर एकदम सुरक्षित रहेंगी।"

नीम के पेड़ को तो अपने बड़े होने का अहंकार था और उसने मधुमक्खी रानी को सीधे मना कर दिया। पासवाला आम का पेड़ बोला कि "बना लेने दो न इन मधुमक्खियों को छत्ता, ये तुम्हारी डाल पर छत्ता बनाकर एकदम सुरक्षित रहेंगी।"

रानी मधुमक्खी एक बार फिर से नीम के पेड़ से विनती करने लगी कि बना लेने दीजिए मुझे यहाँ छत्ता। लेकिन नीम के पेड़ ने फिर से मना कर दिया और एकदम गुस्से से मधुमक्खी रानी को बोला, "सुनाई नहीं देता तुम्हें, एक बार मना कर दिया तो कर दिया। और मुझे किसी की मदद की कभी कोई आवश्यकता नहीं है।"

यह सुनकर रानी मधुमक्खी बहुत निराश हुई। फिर उसने आम के पेड़ से प्रार्थना की और आम के पेड़ ने तुरंत रानी मधुमक्खी को छत्ता बनाने के लिए 'हाँ' कर दी।

कुछ दिन बाद वहाँ कुछ लकड़हारे पेड़ काटने आए। उन्होंने देखा कि आम के पेड़ पर मधुमक्खियों का छत्ता भी है, जिससे वह उन्हें हानि

पहुँचा सकती हैं और वह पेड़ है भी छोटा, इसलिए उन्होंने नीम के पेड़ को काटने की सोची। लेकिन लकड़हारे जैसे ही नीम के पेड़ को काटने आए, मधुमक्खियों ने उन पर हमला कर दिया। लकड़हारे मुश्किल से अपनी जान बचाकर भागे, जिससे नीम का पेड़ भी बच गया।

बाद में नीम का पेड़ बहुत शर्मिंदा हुआ और उसने रानी मधुमक्खी तथा उसके साथियों को धन्यवाद दिया और अपने बुरे व्यवहार के लिए क्षमा भी माँगी। तब रानी मधुमक्खी ने कहा कि शुक्रिया हमारा नहीं, आम के पेड़ का करो, जिसने हमें तुम्हारी सहायता करने को कहा। अगर वह न कहता तो हम तुम्हारी मदद न करतीं।

इसलिए कभी बड़े होने का अहंकार नहीं करना चाहिए। हमेशा याद रखें, भले ही आप कितने भी बड़े क्यों न हों, भले ही आपके पास सबकुछ क्यों न हो, लेकिन उसके अहंकार में कभी मत आना और छोटों तथा अपने साथियों का तिरस्कार मत करना। क्योंकि हर एक की अपनी खूबी होती है और हर एक की कोई-न-कोई कमजोरी होती ही है। इसलिए हमेशा साथ मिलकर रहें, मिल-जुलकर रहें, कभी किसी को छोटा न आँकें और अहंकार न करें।

❑

24

अहंकार की विषैली आग

अहंकार वह खतरनाक और नशीला कीड़ा है, जो मनुष्य को एक बार काट ले तो वह हमेशा उसी के मद में चूर रहने लगता है और केवल दुःख-ही-दुःख प्राप्त करता है। कैसे? क्योंकि वह केवल दूसरों को उन्नत देखकर परेशान रहता है। दूसरा सुखी है तो उसके प्रति अहंकार है, दूसरा सुंदर है तो अहंकार है, मेरी तरक्की क्यों नहीं हो रही, उसकी हो रही है तो उसे अहंकार है। उसकी सबसे मित्रता है, वह सबसे अच्छा व्यवहार करता है, सभी उसे चाहते हैं, मुझे नहीं, तो उसे अहंकार है। क्यों है? आप स्वयं भी वैसे ही बनें, जिससे आपको किसी से अहंकार करने की आवश्यकता ही नहीं पड़े।

अहंकार मनुष्य को अंदर-ही-अंदर अग्नि के समान जलाता रहता है। अहंकार की अग्नि मनुष्य को क्रोधी बना देती है। वह व्यक्तियों को नीचा दिखाने के अवसर ढूँढ़ता रहता है।

अहंकार का भाव मनुष्य के विचारों को मलिन करता है। उसके मन में गलत विचार पैदा होते हैं। गलत विचार मनुष्य को गलत मार्ग पर ले जाते हैं। गलत मार्ग अर्थात् अपराध का मार्ग। अपराध से तात्पर्य है दूसरों के प्रति गलत भावना रखना, उनकी प्रतिष्ठा को ठेस पहुँचाने का प्रयास करना। परंतु कभी-कभी अपराध की ये भावनाएँ जघन्य अपराधों में भी

बदल सकती हैं। जिससे अहंकारी मनुष्य स्वयं का तो अहित करता ही है, साथ ही दूसरों को भी परेशानी में डालता है।

पूर्व काल की बात है, मद में चूर दैत्यों और देवताओं के बीच भयंकर संग्राम हुआ। यह विस्मयकारी युद्ध था, जो वर्षों चलता रहा था। उस समय देवताओं पर भगवती कृपालु थीं, इसलिए उनकी इस महासंग्राम में विजय हुई। दानव पराजित होकर पाताल लोक को चले गए। दैत्यों के पराजित होने पर देवता विजय के मद में चूर होकर सर्वत्र अपने पराक्रम का गुणगान करने लगे।

पूर्व काल की बात है, मद में चूर दैत्यों और देवताओं के बीच भयंकर संग्राम हुआ। यह विस्मयकारी युद्ध था, जो वर्षों चलता रहा था। उस समय देवताओं पर भगवती कृपालु थीं, इसलिए उनकी इस महासंग्राम में विजय हुई। दानव पराजित होकर पाताल लोक को चले गए।

देवताओं के अंहकार को नष्ट करने के लिए भगवती आदिशक्ति उमा उनके समक्ष यक्ष के रूप में प्रकट हुईं। उनका विग्रह करोड़ों सूर्य के समान प्रकाशवान था। देवराज इंद्र ने अग्नि को उस तेजस्वी यक्ष का परिचय जानने के लिए भेजा। अग्निदेव इंद्र के आदेश से यक्ष के पास पहुँचे। यक्ष ने अग्नि से कहा कि मेरा परिचय जानने से पूर्व तुम अपना परिचय दो। इस पर अग्निदेव बोले कि मैं जातवेदा अग्निदेव हूँ। अखिल विश्व को जला देने की शक्ति मुझमें है।

अग्नि के इस प्रकार कहने पर यक्ष ने उनके सामने एक तिनका रख दिया और कहा कि यदि विश्व को जला डालने की तुममें शक्ति है तो पहले इस तिनके को जलाकर दिखाओ। अग्निदेव ने उस तिनके को भस्म करने के लिए अपनी संपूर्ण शक्ति लगा दी, लेकिन भस्म नहीं कर सके। अंत में वे लज्जित होकर इंद्र के पास लौट गए और सारा वृत्तांत

कह सुनाया। तदंतर देवराज इंद्र ने वायुदेव को बुलाया और कहा कि “हे वायुदेव, तुमसे यह सारा जगत् ओत-प्रोत है। तुम ही प्राणवायु होकर अखिल प्राणियों का संचालन करते हो, अत: अब तुम ही जाकर यक्ष का पता लगाओ।”

इंद्र को अपनी प्रशंसा करते देखकर वायुदेव अहंकार में भर गए। वे तत्काल ही यक्ष के निकट पहुँचे। उन्होंने यक्ष से कहा कि “मैं वायुदेव हूँ। मेरी चेष्टा से ही जगत् के संपूर्ण व्यापार चलते हैं।” यक्ष ने उनसे भी एक तिनके को उड़ाने के लिए कहा, लेकिन वायुदेव तिनके को हिला तक नहीं पाए और लज्जित होकर इंद्र के पास लौट आए। तब संपूर्ण देवताओं ने इंद्र से कहा कि देवराज, “आप हम लोगों के स्वामी हैं, इसलिए यक्ष के संबंध में सारी जानकारी प्राप्त करने के लिए आप ही प्रयत्न करें।”

अंत में देवराज इंद्र अहंकार से यक्ष के निकट गए, लेकिन तेजस्वी यक्ष उसी क्षण अंतर्धान हो गए। देवराज इंद्र इस घटना को देख लज्जा में डूब गए। उनका अहंकार नष्ट हो गया। तदनंतर भगवती उमा ने उन्हें दर्शन दिए, तब इंद्र ने करुण स्वर में भगवती की नाना प्रकार से स्तुति की और यक्ष का परिचय बताने की प्रार्थना भगवती से की। तब भगवती उमा ने इंद्र से कहा कि देवराज, मेरी ही शक्ति से तुम लोगों ने दैत्यों पर विजय प्राप्त की है। अहंकारवश तुम्हारी बुद्धि अहंकार में चूर हो गई थी। इसलिए तुम पर अनुग्रह करने के लिए मेरा ही अनुत्तम तेज यक्ष रूप में प्रकट हुआ था। वस्तुत: वह मेरा ही रूप था। तुम लोग अब अहंकार त्याग कर मुझ सच्चिदानंद स्वरूपणी की शरण में आ जाओ। इस तरह इंद्र को शिक्षा देकर और देवताओं से पूजित होकर आदिशक्ति उमा वहीं अंतर्धान हो गईं। देवताओं को भी इससे अपनी भूल का भान हो गया।

❑

25

कर्तव्य-विमुख न हों

मनुष्य अहंकार कब करता है? तब जब वह दूसरों से गुणों में कमजोर हो। अर्थात् उसमें सफलता प्राप्त करने के गुण नहीं हों तब। अपने अवगुणों के कारण वह सफल नहीं होता तो दूसरों की उन्नति को सहन नहीं कर पाता और उसके मन में अहंकार घर कर जाता है। अहंकार के इस भाव से तभी बचा जा सकता है, जब असफल मनुष्य दूसरों के गुणों को देखें, उन्हें अपनाए, उनसे प्रेरणा लेकर कार्य करे।

अतः दूसरों की उन्नति आदि से अहंकार न करके मनुष्य को सामने वाले की उन्नति के प्रयासों को देखना चाहिए कि उसने किस प्रकार कठिन परिश्रम करके उन्नति प्राप्त की है। बस फिर वह भी उसकी तरह ही उन्नति करता हुआ सफलता प्राप्त कर सकता है।

अहंकार वह दुर्गुण है, जो मनुष्य को पथभ्रष्ट बनाता है। वह कर्तव्य को भूलकर ऐसे कार्यों को करने लगता है, जो उसे असफल बनाते हैं; क्योंकि फिर उसके जीवन का लक्ष्य केवल अहंकार ही हो जाता है। अहंकार चार अक्षरों का छोटा सा शब्द है, लेकिन यह अपने में अवगुणों के भंडार को समेटे है। अब इस भंडार का भंडारण किए हुए कोई व्यक्ति कैसे सफल हो सकता है? वह तो असफल ही होगा।

रावण को ब्रह्माजी का प्रपौत्र माना गया है। वह उच्च कुल के

ब्राह्मण पिता और राक्षस कुल में जनमी माता की संतान था। इस बात का उसे बड़ा अहंकार था। साथ ही तपस्या कर उसने विभिन्न शक्तियाँ भी प्राप्त कर ली थीं। तुलसीदासजी ने भी रावण का सबसे बड़ा अवगुण अहंकार को ही माना है। रावण के जीवनकाल में ऐसे कई प्रसंग आए, जब उसका अहंकार कई बलशाली योद्धाओं ने चूर-चूर किया।

सहस्रार्जुन को अपने बल पर बड़ा अहंकार था। एक बार सहस्रार्जुन (हजार भुजाओं के कारण उसका नाम सहस्रबाहु पड़ा) ने नदी का प्रवाह रोक दिया। इस बात से क्रोधित होकर युवा रावण ने, जो स्वयं घोर अहंकारी था, उसे युद्ध हेतु ललकारा। युद्ध में रावण पराजित हुआ और सहस्रबाहु अर्जुन ने उसे कैद कर लिया बाद में रावण के पितामह के कहने पर उसे छोड़ा। अपने अहंकार के कारण रावण को भारी अपमान का सामना करना पड़ा। कालांतर में सहस्रार्जुन का वध भगवान् विष्णु के छठवें अवतार परशुराम ने किया।

सहस्रार्जुन को अपने बल पर बड़ा अहंकार था। एक बार सहस्रार्जुन (हजार भुजाओं के कारण उसका नाम सहस्रबाहु पड़ा) ने नदी का प्रवाह रोक दिया। इस बात से क्रोधित होकर युवा रावण ने, जो स्वयं घोर अहंकारी था, उसे युद्ध हेतु ललकारा। युद्ध में रावण पराजित हुआ और सहस्रबाहु अर्जुन ने उसे कैद कर लिया बाद में रावण के पितामह के कहने पर उसे छोड़ा। अपने अहंकार के कारण रावण को भारी अपमान का सामना करना पड़ा।

वानरराज बालि—एक बार वानरराज बालि वन में तपस्या में बैठे थे, तभी वहाँ से रावण गुजरा। रावण को अपने बल और तपस्या से प्राप्त सिद्धियों पर अहंकार तो था ही, उसने सोचा कि यह वानर उसे प्रणाम क्यों नहीं कर रहा है। अहंकार से लबालब और अपमान से क्रोधित

होकर उसने वानरराज बालि पर प्रहार कर दिया, इसके कारण दोनों में युद्ध छिड़ गया। बालि ने रावण को हराकर अपनी बगल में दबा लिया और लगभग छह महीने बाद मुक्त किया।

दानवराज बलि—महान् भक्त प्रह्लाद के पोते और सुतल लोक के स्वामी राजा बलि समर्पित नारायण भक्त, पराक्रमी और महादानी थे। उनके दान करने की प्रवृत्ति के कारण ही स्वयं नारायण उनके द्वारपाल बने। घमंड में चूर रावण ने उन्हें भी सुतल लोक जाकर युद्ध के लिए चुनौती दे डाली, किंतु द्वारपाल श्री नारायण के कहने पर बलि का युद्ध कवच भी न उठा पाने के कारण अपमानित होकर चला गया। कई बार हार होने पर भी रावण के प्रयासों और घमंड का कोई अंत नहीं हुआ और वह हर बार कई गुना तप कर बलशाली होता गया। अंत में श्री नारायण ने राम अवतार लेकर उसका वध किया।

❑

26

अहंकार एक अभिशाप

अहंकार एक अभिशाप है। इससे बचना चाहिए और अपने आत्मसम्मान, अपने गुणों को पहचानकर उनके अनुसार कार्य करना चाहिए। फिर देखिए, आपका कार्य कैसे नहीं होता? इस प्रकार, कठिन से कठिन कार्य आपके गुणों के कारण सरल एवं सिद्ध हो जाएगा। किंतु यह होगा, अवगुणों को छोड़कर गुणों को अपनाने पर।

अहंकार में लोग कभी-कभी इतना बड़ा धोखा खा जाते हैं कि उससे उबरना कठिन हो जाता है। किसी ने ठीक ही कहा है कि करुणा सभी पर करो, लेकिन अहंकार किसी पर नहीं। अनेक लोग अपनी चतुराई से लोगों को अपने जाल में फँसा लेते हैं। चालाक लोग ऐसे ही अवसरों की तलाश में रहते हैं। जहाँ उन्हें अवसर मिला और उन्होंने धोखा दिया। फिर अहंकारी मनुष्य केवल हाथ मलता रह जाता है। मनुष्य जब ठोकर खाता है, तब सँभलता है। लेकिन वह पहले से सँभलकर चले तो ठोकर ही क्यों खाए। अहंकार वह अवगुण है, जिसका लाभ चापलूस, धूर्त, ठग, पाखंडी, कर्महीन लोग उठाते हैं। इसलिए अहंकार नहीं करना चाहिए, अन्यथा यह आपकी सफलता में बाधक हो सकता है।

भीम को भी अपनी शक्ति पर बड़ा अहंकार था अत: उन्हें उबारने के लिए श्रीकृष्ण ने अपनी लीला से एक घटना की रचना की। एक बार

वनवास काल में द्रौपदी को एक सहस्रदल कमल दिखाई दिया। उसने उसे ले लिया और भीम से उसी प्रकार का एक और कमल लाने को कहा। भीम कमल लेने चल पड़े। आगे जाने पर भीम को गंधमादन पर्वत की चोटी पर एक विशाल केले का वन मिला, जिसमें वे घुस गए।

इसी वन में हनुमानजी रहते थे। उन्हें भीम के आने का पता लगा तो उन्होंने सोचा कि अब आगे स्वर्ग के मार्ग में जाना भीम के लिए हानिकारक होगा। वे भीम के रास्ते में लेट गए। भीमसेन ने वहाँ पहुँचकर हनुमान से मार्ग देने के लिए कहा तो वे बोले, "यहाँ से आगे यह पर्वत मनुष्यों के लिए अगम्य है अतः यहीं से लौट जाओ।"

इसी वन में हनुमानजी रहते थे। उन्हें भीम के आने का पता लगा तो उन्होंने सोचा कि अब आगे स्वर्ग के मार्ग में जाना भीम के लिए हानिकारक होगा। वे भीम के रास्ते में लेट गए। भीमसेन ने वहाँ पहुँचकर हनुमान से मार्ग देने के लिए कहा तो वे बोले, "यहाँ से आगे यह पर्वत मनुष्यों के लिए अगम्य है अतः यहीं से लौट जाओ।"

भीम ने कहा, "मैं मरूँ या बचूँ, तुम्हें क्या ? तुम जरा उठकर मुझे रास्ता दे दो।"

हनुमान बोले, "रोग से पीड़ित होने के कारण मैं उठ नहीं सकता, तुम मुझे लाँघकर चले जाओ।"

भीम बोले, "परमात्मा सभी प्राणियों की देह में है, किसी को लाँघकर उसका अपमान नहीं करना चाहिए।"

तब हनुमान बोले, "तो तुम मेरी पूँछ पकड़कर हटा दो और निकल जाओ।"

भीम ने हनुमान की पूँछ पकड़कर जोरों से खपची, किंतु वह नहीं हिली। भीम का मुँह लज्जा से झुक गया। उन्होंने क्षमा माँगी और परिचय पूछा। तब हनुमान ने अपना परिचय दिया और वरदान दिया कि महाभारत

युद्ध के समय मैं तुम लोगों की सहायता करूँगा। उन्होंने भीम को समझाते हुए कहा कि विनम्रता ही शक्ति को पूजनीय बनाती है, इसलिए अपनी शक्ति पर अहंकार न कर उसका सत्कार्यों में उपयोग कर समाज में आदरणीय बनो।

अर्जुन से जुड़ा प्रसंग इस प्रकार है। अर्जुन के रथ पर हनुमान के विराजित होने के पीछे भी कारण है। एक बार रामेश्वरम् तीर्थ में अर्जुन का हनुमानजी से मिलन हो गया, इस पहली भेंट में हनुमानजी से अर्जुन ने कहा, "अरे, राम और रावण के युद्ध के समय तो आप थे?"

हनुमानजी ने कहा, "हाँ।"

तभी अर्जुन ने कहा, "आपके स्वामी श्रीराम तो बड़े श्रेष्ठ धनुर्धारी थे तो फिर समुद्र पार जाने के लिए उन्हें पत्थरों का सेतु बनवाने की क्या आवश्यकता थी? यदि मैं वहाँ उपस्थित होता तो समुद्र पर बाणों का सेतु बना देता, जिस पर चढ़कर आपका पूरा वानर दल समुद्र पार कर लेता।"

इस पर हनुमानजी ने कहा, "असंभव, बाणों का सेतु वहाँ पर कोई काम नहीं कर पाता। हमारा यदि एक भी वानर चढ़ता तो बाणों का सेतु छिन्न-भिन्न हो जाता।"

> **तब अर्जुन ने कहा, "यदि आपके चलने से सेतु टूट जाएगा तो मैं अग्नि में प्रवेश कर जाऊँगा और यदि नहीं टूटता है तो आपको अग्नि में प्रवेश करना पड़ेगा।" हनुमानजी ने कहा, "मुझे स्वीकार है। मेरे दो चरण ही इसने झेल लिये तो मैं हार स्वीकार कर लूँगा।"**

अर्जुन ने बोले, "कदापि नहीं, देखो ये सामने सरोवर है, मैं उस पर बाणों का एक सेतु बनाता हूँ। आप उस पर चढ़कर सरोवर को आसानी से पार कर लेंगे।"

हनुमानजी ने कहा, "असंभव।"

तब अर्जुन ने कहा, "यदि आपके चलने से सेतु टूट जाएगा तो मैं

अग्नि में प्रवेश कर जाऊँगा और यदि नहीं टूटता है तो आपको अग्नि में प्रवेश करना पड़ेगा।"

हनुमानजी ने कहा, "मुझे स्वीकार है। मेरे दो चरण ही इसने झेल लिये तो मैं हार स्वीकार कर लूँगा।"

तब अर्जुन ने अपने प्रचंड बाणों से सेतु तैयार कर दिया। जब तक सेतु बनकर तैयार नहीं हुआ, तब तक तो हनुमान अपने लघु रूप में ही रहे, लेकिन जैसे ही सेतु तैयार हुआ हनुमान ने महाविराट् रूप धारण कर लिया। वे राम का स्मरण करते हुए बाणों के सेतु पर चढ़ गए। पहला पग रखते ही सेतु सारा-का-सारा डगमगाने लगा, दूसरा पैर रखते ही चरमराया और तीसरा पैर रखते ही सरोवर के जल में खून-ही-खून हो गया।

तभी श्रीहनुमानजी सेतु से नीचे उतर आए और अर्जुन से कहा कि "अग्नि तैयार करो।" अग्नि प्रज्वलित हुई और जैसे ही हनुमान अग्नि में कूदने चले, वैसे ही भगवान् श्रीकृष्ण प्रकट हो गए और बोले, "ठहरो!" अर्जुन और हनुमान ने उन्हें प्रणाम किया।

भगवान् ने सारा प्रसंग जानने के बाद कहा, "हे हनुमान, आपका तीसरा पग सेतु पर पड़ा, उस समय मैं कछुआ बनकर सेतु के नीचे लेटा हुआ था। आपके पैर रखते ही मेरे कछुए रूपी शरीर से रक्त निकल गया। यह सेतु टूट तो पहले ही पग में जाता, यदि मैं कछुआ रूप में नहीं होता।"

यह सुनकर हनुमान को काफी कष्ट हुआ और उन्होंने क्षमा माँगी, "मैं तो बड़ा अपराधी निकला, आपकी पीठ पर मैंने पैर रख दिया। मेरा यह अपराध कैसे दूर होगा भगवन्?"

तब कृष्ण ने कहा, "ये सब मेरी इच्छा से हुआ है। आप मन खिन्न न करें और मेरी इच्छा है कि आप अर्जुन के रथ की ध्वजा पर स्थान ग्रहण करें।"

इस प्रकार अर्जुन का अहंकार चूर हो गया।

❑

27

अहंकार एक रोग

अहंकार मनुष्य का महा अवगुण है, जो उसकी सफलता को असफलता में बदलने में महत्त्वपूर्ण भूमिका निभाता है। अहंकार एक रोग की भाँति है, जो एक बार मनुष्य को जकड़ ले तो बहुत मुश्किल से छोड़ता है। यह आज अनेक रूपों में दिखाई देता है, जो लोगों को सफलता की ओर नहीं बढ़ने देता।

हमारे शरीर में अहंकार और वैमनस्य—ये दो महारिपु हैं, इनसे छुटकारा पाना चाहिए। हमारे यहाँ के अहंकार ने तो तत्त्वज्ञान का रूप ले लिया है। जो व्यक्ति कुछ काम नहीं करता, घर में बैठा रहता है, सुबह-शाम थोड़ा सा ध्यान कर लेता है और समझता है कि उसे मुक्ति मिल गई। ऐसे लोगों को कैसे समझाया जाए?

अहंकार से घिरा मनुष्य यदि इससे छुटकारा पाने का प्रयास करता है तो वह बहुत जल्दी इससे छुटकारा पा सकता है। इसके लिए उसे मेहनत करनी पड़ेगी, काम में मन लगाना पड़ेगा। जब वह कार्य करेगा तो स्वाभाविक है कि अहंकार को त्यागकर मेहनत करता हुआ सफलता के पथ पर अग्रसर होगा।

एक जंगल में बाँस के साथ ही आम का एक पेड़ लगा था। बाँस का कद ऊँचा था और आम का छोटा। यह देखकर बाँस अकसर आम के वृक्ष

का मजाक उड़ाता, "अरे आम, मैं तो कितना बड़ा हो चला, कितनी तेजी से बढ़ा और एक तुम हो, जो इतनी आयु होने पर भी छोटे ही बने हुए हो।"

आम कहता, "बाँस, यह तो हर किसी की अपनी-अपनी प्रवृत्ति है। कोई छोटा होता है तो कोई बड़ा। किंतु कद या शरीर विशाल होने से कुछ नहीं होता। काम भी विशाल और महान् होने चाहिए। छोटा होने का यह अर्थ बिल्कुल नहीं है कि वह महान् और बड़े काम नहीं कर सकता।

आम कहता, "बाँस, यह तो हर किसी की अपनी-अपनी प्रवृत्ति है। कोई छोटा होता है तो कोई बड़ा। किंतु कद या शरीर विशाल होने से कुछ नहीं होता। काम भी विशाल और महान् होने चाहिए। छोटा होने का यह अर्थ बिल्कुल नहीं है कि वह महान् और बड़े काम नहीं कर सकता। इसी तरह लंबे या बड़े होने का यह अर्थ भी नहीं है कि वह छोटे काम को घृणा की नजर से देखे या उसे करने में अपना अपमान समझे।"

किंतु बाँस को उसकी बातें समझ नहीं आतीं। वह कहता, "तुम मेरे विशाल कद से जलते हो, इसलिए मुझे ऐसी बातें सुना रहे हो। तुम खुद छोटे हो, इसलिए छोटों को अच्छा बता रहे हो। अरे भला मैं छोटे काम क्यों करूँ?"

इसके कुछ समय बाद आम के वृक्ष पर बौर आया और कुछ दिनों बाद वह फलों से लद गया। फलों से लदा होने के कारण वह झुक गया और बाँस लंबा होकर सूखता चला गया, किंतु उसका अहंकार अभी भी कम नहीं हुआ था। एक दिन वह आम को देखकर बोला, "अरे, मुझे देखो मैं दूर से ही नजर आ जाता हूँ और एक तुम हो, जो फलों से लदकर झुके जा रहे हो और छोटे होते जा रहे हो।"

अभी उनकी बातें खत्म ही हुई थीं कि यात्रियों का एक झुंड वहाँ पर आया। उन्होंने आम के वृक्ष को फलों से लदा हुआ देखा तो वहीं

विश्राम करने लगे। रात हो गई। रात में ठंड से बचाव के लिए उन्होंने आग जलाने की सोची और पास ही खड़े बाँस के वृक्ष को काट कर लकड़ियों का ढेर लगा दिया। आम का वृक्ष अभी भी शांत था और राहगीरों को अपनी छाँव तले विश्राम दे रहा था, जबकि अहंकारी बाँस का अंत हो चला था।

❑

28

अहंकार में आराम हराम

आज भाग-दौड़ भरी जिंदगी में मनुष्य हरेक के प्रति अहंकारी होता जा रहा है, क्योंकि जीविका के लिए उसे कार्य करना आवश्यक है; लेकिन इसके अतिरिक्त जब वह स्वयं के लिए समय बचाता है तो उसे अहंकार घेर लेता है। और वह स्वयं के लिए कुछ नहीं कर पाता तो रोगों से ग्रस्त हो जाता है। अहंकार के कारण वह सोचता है कि बस अब तो आराम करो। आराम करने की उसकी यह आदत उसे आगे बढ़ने से रोकती है और वह अपने गुणों का नाश करने लगता है। यदि वह व्यर्थ की भाग-दौड़ से बचकर चिंता-मुक्त होकर कार्य करे तो अहंकार में कभी नहीं घिरता। क्योंकि इससे उसका चित्त एकाग्रता प्राप्त कर कार्यों में लगता है और वह ताजगी अनुभव करने लगता है। अहंकार से बचने का सरल उपाय है, व्यर्थ के काम से बचें। ये चिंता के अतिरिक्त कुछ नहीं देते। निरंतर अच्छे कार्यों में लगे रहें। इससे अहंकार दूर होगा, आपके गुणों का विकास होगा, अवगुण दूर होंगे, सफलता का मार्ग प्रशस्त होगा।

व्यर्थ के कार्यों से तात्पर्य है इधर-उधर की बातें, चापलूसी, परनिंदा और स्वयं को सर्वोपरि दिखाना आदि। किसी ने कहा है, जीर्ण होकर मरने से अच्छा है कि क्षीण होकर मरा जाए।

अर्थात् पड़े-पड़े वस्तु जीर्ण हो जाती है। जैसे लोहे का हथियार।

एक स्थान पर पड़े-पड़े उसमें जंग लग जाएगा और धीरे-धीरे जीर्ण होकर वह नष्ट हो जाएगा, किसी काम का नहीं रहेगा। इसी प्रकार, मनुष्य जब कोई कार्य नहीं करेगा तो अहंकार के कारण पड़ा रहेगा और उसके कार्य करने की शक्ति जीर्ण हो जाएगी। वह किसी कार्य के योग्य नहीं रहेगा और एक दिन नष्ट हो जाएगा, अर्थात् जीवन में असफल रहेगा।

इसके विपरीत क्षीण होने का तात्पर्य है कि किसी वस्तु का उपयोग होते हुए क्षीण होना। कुएँ की मुँडेर पर पानी खींचने के लिए लोहे की छड़ में घिर्री लगाई जाती है। जब वह घूमती है तो छड़ों पर निशान बनने प्रारंभ हो जाते हैं और वह घिसते-घिसते क्षीण होती हुई टूट जाती है अर्थात् वह कार्य करते हुए, उपयोग होते हुए क्षीण हुई, नष्ट हुई, न कि पड़े-पड़े जंग लगकर। उसी प्रकार मनुष्य कार्य करते-करते क्षीण हो तो वह कुछ कर जाता है। अर्थात् अहंकार त्यागकर कार्य करते हुए वह सफल होता है न कि अहंकार को अपनाकर। अत: अहंकार त्यागें। इस अवगुण से बचें तो सफलता अपने निकट समझें।

इसके विपरीत क्षीण होने का तात्पर्य है कि किसी वस्तु का उपयोग होते हुए क्षीण होना। कुएँ की मुँडेर पर पानी खींचने के लिए लोहे की छड़ में घिर्री लगाई जाती है। जब वह घूमती है तो छड़ों पर निशान बनने प्रारंभ हो जाते हैं और वह घिसते-घिसते क्षीण होती हुई टूट जाती है अर्थात् वह कार्य करते हुए, उपयोग होते हुए क्षीण हुई, नष्ट हुई, न कि पड़े-पड़े जंग लगकर।

हिमाचल के काँगड़ा में माँ ज्वाला देवी मंदिर एक प्रसिद्ध शक्तिपीठ मंदिर है। इस मंदिर में माँ ज्वाला का पूजन किया जाता है। यहाँ की नौ ज्वालाओं के नाम देवी के नाम पर रखे गए हैं।

इन नौ ज्वालाओं के नाम—महाकाली, माँ अन्नपूर्णा, माँ चंडी, माँ हिंगलाज, विंध्यवासिनी, महालक्ष्मी, महासरस्वती, माँ अंबिका और अंजना देवी हैं। मंदिर में बिना किसी तेल-बाती के एक चट्टान से सतत निकलती ज्वालाएँ देखी जा सकती हैं। कहते हैं, सम्राट् अकबर ने इस ज्वाला को बुझाने के कई प्रयास किए, लेकिन हर बार असफल रहा। अंत में उसका अहंकार टूट गया। उसे भी माँ की शक्ति का एहसास हुआ और उसने यहाँ सोने का छत्तर चढ़ाया।

❑

29

अहंकारी अवगुणों की खान

अहंकार वह अवगुण है, जो मनुष्य को घेर ले तो उसके मुँह से केवल 'न' ही निकलेगा, 'हाँ' कभी नहीं। नहीं होगा, नहीं हो सकता, शायद वह मिले, वह नहीं गया होगा, वह नहीं आएगा आदि-आदि बहाने इस प्रकार के मनुष्य की सोच में सम्मिलित हो जाते हैं।

अहंकार मनुष्य को लोगों से दूर करता है। वह उसे काम से दूर ले जाता है, उलझनों को बढ़ाता है; क्योंकि इस सोच के कारण लोग न तो उस पर विश्वास करते हैं और न ही उसके साथ उठना-बैठना पसंद करते हैं। इस प्रकार, वह अपने कार्यों को आसानी से नहीं कर पाता अर्थात् उसकी सफलता उससे दूर होती जाती है और तनाव, चिंता आदि जैसे दुर्गुण उसे घेर लेते हैं। वह चिड़चिड़ा होकर लोगों से लड़ता-झगड़ता रहता है।

अहंकारी मनुष्य के पास किसी भी काम को न करने के सैकड़ों बहाने होते हैं और इस प्रकार की सोच रखनेवाला मनुष्य कार्यों को 'कल' पर टालता रहता है, जो कभी नहीं आता। अहंकारी व्यक्ति हमेशा अच्छाई को बुराई साबित करने की सोचता रहता है और स्वयं को गुणों की खान सिद्ध करने का प्रयास करता है।

एक व्यक्ति ने अपने मित्र को एक महान् विचार पढ़ने को दिया

और कहा, "देखा मित्र, कितने अच्छे शब्दों का चयन है। चार पंक्तियों में जीवन समाया हुआ है।" यह सुनकर उसका मित्र बोला, "इसमें कमी है।"

दूसरे ने कहा, "कमी है! क्या कमी है इसमें? मुझे भी तो समझाओ।"

मित्र बोला, "एक पंक्ति में इतने शब्द लिख दिए गए हैं, जबकि प्रत्येक पंक्ति में चार शब्द लिखे जाते तो ये चार पंक्तियाँ कम-से-कम आठ पंक्तियों में बदल जातीं।"

अब इसका क्या अर्थ हुआ? कुछ नहीं। केवल अहंकार। अहंकार वाला मनुष्य किसी में भी खोट निकाल सकता है। इस सोच के चलते वह अपने दायरे से बाहर नहीं निकल पाता। उसके इर्द-गिर्द ही घूमता रहता है। वह सोचता है कि एक वही बुद्धिमान है। वह सबकी गलतियाँ निकाल सकता है। अतः वह सफल है। लेकिन क्या वह सफल है?

अब इसका क्या अर्थ हुआ? कुछ नहीं। केवल अहंकार। अहंकार वाला मनुष्य किसी में भी खोट निकाल सकता है। इस सोच के चलते वह अपने दायरे से बाहर नहीं निकल पाता। उसके इर्द-गिर्द ही घूमता रहता है। वह सोचता है कि एक वही बुद्धिमान है। वह सबकी गलतियाँ निकाल सकता है। अतः वह सफल है। लेकिन क्या वह सफल है?

नवलगढ़ में राजा वीरसेन राज्य करता था। वह बड़ा अहंकारी राजा था। उसके अहंकार के चलते आसपास के राजाओं से भी उसके संबंध अच्छे नहीं थे। उसके अहंकार की वजह से सारे राज्य के लोग उसकी बुराई करते थे।

एक बार उस गाँव से एक महात्मा गुजर रहे थे। उन्होंने जब राजा वीरसेन के अहंकार बारे में सुना तो उसे सबक सिखाने की सोची। वे

महात्मा तेजी से राजमहल की ओर गए और बिना प्रहरियों से पूछे सीधे अंदर चले गए। वीरसेन ने देखा तो वह गुस्से में भर गया और चीखा, "ये क्या उद्दंडता है महात्माजी, आप बिना आज्ञा अंदर कैसे आ गए?"

महात्मा ने विनम्रता से उत्तर दिया, "मैं आज रात इस सराय में रुकना चाहता हूँ।"

वीरसेन को ये बात बहुत बुरी लगी। वो बोला, "महात्माजी, ये मेरा महल है; कोई सराय नहीं। आप कहीं और जाइए।"

महात्मा ने कहा, "हे राजन, तुमसे पहले ये राजमहल किसका था?"

राजा, "मेरे पिताजी महाराज का।"

महात्मा, "तुम्हारे पिताजी से पहले ये किसका था?"

राजा, "मेरे दादाजी महाराज का।"

महात्मा ने मुसकरा कर कहा, "हे राजन, जिस तरह लोग सराय में कुछ देर रहने के लिए आते हैं, वैसे ही ये तुम्हारा राजमहल भी है, जो कुछ समय के लिए तुम्हारे दादाजी का था, फिर कुछ समय के लिए तुम्हारे पिताजी का, अब कुछ समय के लिए तुम्हारा है, कल किसी और का होगा। यह राजमहल, जिस पर तुम्हें इतना घमंड है, यह एक सराय की तरह ही है, जहाँ एक व्यक्ति कुछ समय के लिए आता है और फिर चला जाता है।"

महात्मा की बातों से वीरसेन इतना प्रभावित हुआ कि सारा राजपाट, मान-सम्मान छोड़कर उनके चरणों में गिर पड़ा और उनसे क्षमा माँगकर फिर कभी अहंकार न करने की शपथ ली।

❑

30

अहंकार अवगुणों का बीज

अहंकार वह अवगुण है, जो मनुष्य को पशुओं की श्रेणी में लाकर खड़ा करता है। अहंकारी कौन है? वह जो ज्ञान प्राप्त न करना चाहे। कैसा ज्ञान? ज्ञान से तात्पर्य है सुशिक्षा, सामाजिक ज्ञान, कर्तव्य का ज्ञान आदि। केवल स्कूली ज्ञान ही ज्ञान नहीं होता, अपितु जिसमें जीवन को जीने के लिए आवश्यक ज्ञान न हो, वह मनुष्य भी अहंकारी है।

अहंकारी मनुष्य बहुधा लोगों से ठगा जाता है। अहंकार वह बीज है, जो अंकुरित होकर वृक्ष बनता है और उस वृक्ष पर अवगुणों के फल लगते हैं। अर्थात् अहंकार अवगुणों का बीज है, जिसे कभी अंकुरित नहीं होने देना चाहिए अन्यथा मनुष्य अवगुणों का भंडार बनकर जीवन में असफलता के अतिरिक्त कुछ प्राप्त नहीं कर पाता। ज्ञान की एक किरण अहंकार के घनघोर अंधकार को दूर कर सकती है, जबकि अहंकार मनुष्य को घोर अंधकार में धकेल देता है।

ज्ञान प्राप्त करके ही स्वयं को पहचाना जा सकता है। अहंकार के बादल छँटने पर मनुष्य स्वत: ही सफलता की ओर अग्रसर होने लगता है। अहंकार ही मनुष्य के गुणों को बाँधे रखता है। अत: मनुष्य को अहंकाररूपी अवगुण से छुटकारा पाना चाहिए, उसे पालना नहीं चाहिए। अन्यथा असफलता निश्चित है। जैसा कि दुर्योधन के साथ हुआ।

महाभारत युद्ध को टालने के सभी प्रयास विफल हो चुके थे और युद्ध होना निश्चित हो गया था। पांडव और कौरव दोनों यही चाहते थे कि श्रीकृष्ण उनकी ओर से युद्ध करें। यह सोचकर कौरवों की ओर से दुर्योधन और पांडवों की ओर से अर्जुन भगवान् श्रीकृष्ण के पास सहायता के लिए पहुँचे। वे दोनों एक ही समय वहाँ पहुँचे।

दोनों ने अपनी-अपनी बात रखी। तब श्रीकृष्ण बोले, "तुमने एक साथ आकर मुझे धर्मसंकट में डाल दिया है। तुम दोनों ही मुझे समान रूप से प्रिय हो। तुम दोनों की ही सहायता करना मेरा धर्म है। अतः मैंने निर्णय किया कि एक ओर मैं अकेला, निःशस्त्र रहूँगा और दूसरी ओर मेरी संपूर्ण सेना। अब यह निर्णय आप लोगों को करना है कि किसे मेरी सेना चाहिए और कौन मुझे लेना चाहता है? अर्थात् तुम दोनों में से एक को मेरी सेना और एक को मैं मिलूँगा। यह भी स्मरण रखें कि मैं युद्ध में अस्त्र नहीं उठाऊँगा।"

दुर्योधन ने अपनी खोटी बुद्धि से सोचा कि 'श्रीकृष्ण तो युद्ध में अस्त्र उठाएँगे नहीं। अतः इनसे कोई भय नहीं है। सारी शक्ति तो इनकी सेना है। अतः मुझे वही लेनी चाहिए।' और उसने श्रीकृष्ण की नारायणी सेना माँग ली।

दुर्योधन ने अपनी खोटी बुद्धि से सोचा कि 'श्रीकृष्ण तो युद्ध में अस्त्र उठाएँगे नहीं। अतः इनसे कोई भय नहीं है। सारी शक्ति तो इनकी सेना है। अतः मुझे वही लेनी चाहिए।' और उसने श्रीकृष्ण की नारायणी सेना माँग ली।

सेना लेकर वह प्रसन्नतापूर्वक वहाँ से चला गया। इसके विपरीत अर्जुन बड़े बुद्धिमान और विवेकशील थे। उन्होंने श्रीकृष्ण को चुना। श्रीकृष्ण ने इसका कारण पूछा तो वे बोले, "हे केशव! जहाँ आप हैं, वहाँ धर्म है। और जहाँ धर्म है, वहीं विजय है। आप साक्षात् धर्म हैं। इसलिए

आप हमारे साथ होंगे तो हमारी विजय निश्चित होगी।"

अत: अहंकारी मनुष्य से सफलता की आशा व्यर्थ है। अहंकारी मनुष्य अपनी कुबुद्धि से बनते कार्य को बिगाड़ लेता है। अहंकारी मनुष्य अवसर को पहचान कर भी उसका लाभ उठाने में असमर्थ रहता है। अहंकारता के कारण वह असफल होता है।

अत: ज्ञान जहाँ से, जैसे भी मिले, उसे ग्रहण करना ही अहंकारता को दूर भगाना है, अन्यथा यह दुर्गुण मनुष्य को कभी भी पनपने नहीं देता। मनुष्य को सफलता प्राप्त करने के लिए इस दुर्गुण को जल्द-से-जल्द स्वयं से दूर कर देना चाहिए। इसे दूर करने के लिए पुस्तकों का अध्ययन, ज्ञानी व्यक्तियों से वार्त्तालाप आदि किया जा सकता है।

❑

31

दुकान पर नहीं मिलता अहंकार

अहंकार मनुष्य का अवगुण इसलिए है, क्योंकि यह बाजार में दुकानों पर नहीं मिलता, बल्कि मनुष्य स्वयं इसे पैदा करता है। अहंकार इस युग का बहुप्रचलित आधुनिक अवगुण है। व्यक्ति अपनी बड़ाई, अपनी शानो-शौकत को इस तरह से प्रकट करने की कोशिश करता है, अर्थात् ऐसी डींग हाँकता है कि दूसरा व्यक्ति उससे तुरंत प्रभावित हो जाए। लेकिन जब उसकी असलियत सामने आती है तो वह कहीं मुँह दिखाने योग्य नहीं रहता। इस प्रकार के लोग भ्रम भारी रखते हैं, लेकिन उनका पिटारा पूरी तरह से खाली होता है।

लोगों की आँखों में आखिर कब तक धूल झोंकी जा सकती है? एक-न-एक दिन तो वास्तविकता का पता चल ही जाता है। इधर-उधर की बातें करके लोगों को बेवकूफ बनाना, यह दुर्गुण आज बहुतायत में है। आज जहाँ देखो, वहाँ झूठी शान का बोलबाला है। हर व्यक्ति स्वयं को सर्वगुण-संपन्न बताता है, अर्थात् झूठी शान बघारता है। लेकिन इस प्रकार वह केवल स्वयं के लिए गड्ढा खोदता है। ढोल की पोल तो एक-न-एक दिन खुलती ही है।

ऐसे ही एक महाशय खूब इधर-उधर की बातें करके लोगों को बेवकूफ बनाते रहे। वे जहाँ भी जाते लोगों से कहते, "मैं यह कर सकता

हूँ। वह कर सकता हूँ।" लोगों ने विश्वास कर लिया।

उन महाशय ने लोगों के काम करवाने के लिए उनसे रुपए ऐंठना प्रारंभ किया। लोग भी बेवकूफों की तरह उन्हें रुपए दे देते। लेकिन जब एक दिन परिणाम सामने आया तो पता चला कि वे महाशय तो डींग हाँकने वाले निकले और लोगों के रुपए लेकर चंपत हो गए।

अहंकार मनुष्य को ठगी के रास्ते पर तो डालता ही है, साथ ही उसकी छवि अन्य लोगों से अलग करता है। क्योंकि पोल खुलने पर यही होता है कि कोई उस पर विश्वास नहीं करता। उसकी झूठी शान को, झूठी आदत को एक सिरे से नकार दिया जाता है।

अहंकार मनुष्य को ठगी के रास्ते पर तो डालता ही है, साथ ही उसकी छवि अन्य लोगों से अलग करता है। क्योंकि पोल खुलने पर यही होता है कि कोई उस पर विश्वास नहीं करता। उसकी झूठी शान को, झूठी आदत को एक सिरे से नकार दिया जाता है। ऐसे लोग समाज से कट जाते हैं, अविश्वसनीय हो जाते हैं, जीवन में सफल नहीं होते। अतः मनुष्य को स्पष्टवादी होना चाहिए, जिससे उसकी सफलता में रुकावट पैदा न हो।

❑

32

अहंकार : समाधान की ओर बढ़ना

जो व्यक्ति गुलाब की भाँति सुंदर व सर्वप्रिय बनना चाहते हैं, उनको चाहिए कि वे अहंकार को अपने से हमेशा दूर रखें। हँसें, मुसकराएँ, जब भी आप ऐसा कर सकें, त्योरियाँ न चढ़ाएँ। आपको जो करना अच्छा लगता है, अवश्य करें। इससे आपको अपनी अहंकारी भावना से छुटकारा पाने में बहुत मदद मिलेगी। अपनी कमजोरियों को जानना ही पर्याप्त नहीं है, बल्कि यह स्वीकार करना भी जरूरी है कि आप में वे कमजोरियाँ हैं। वह काम ईमानदारी से करें।

शांत बैठ जाएँ और समझने का प्रयास करें कि आप वास्तव में किस बात से विचलित होते हैं। निश्चित करें कि समस्या किस प्रकार की है और यह आपको क्या महसूस कराती है और पुनः निश्चिंत रहें कि यह समस्या है, न कि व्यक्ति, जो आपको इस तरह सोचने के लिए बाध्य करती है। स्थिति के बारे में एक-दूसरे का दृष्टिकोण समझना भी महत्त्वपूर्ण है। प्रत्येक व्यक्ति को इस योग्य होना चाहिए कि वह दूसरों की टोका-टाकी के बिना उस समस्या के बारे में अपनी राय व्यक्त कर सके, जो कुछ भी वे सोचते हैं। इसके बाद उन बिंदुओं का निर्धारण करें, जहाँ-जहाँ आप सहमत नहीं हैं। अभी उन असहमतियों, मतभेदों के बारे में बहस न करें, बस असहमति से सहमत हों। समस्या को इसी तरह

निर्धारित किया जाता है।

"अज्ञानी आत्मा पाप करके भी अहंकार करता है।"

—स्वामी महावीर

जब मनुष्य कुछ प्राप्त कर लेता है, जैसे कि धन, उच्च पद अथवा अन्य कोई कीमती वस्तु, जो उसे अन्य लोगों से अलग प्रस्तुत करती हो; तब कुछ लोगों को अहंकार घेर लेता है।

जब मनुष्य कुछ प्राप्त कर लेता है, जैसे कि धन, उच्च पद अथवा अन्य कोई कीमती वस्तु, जो उसे अन्य लोगों से अलग प्रस्तुत करती हो; तब कुछ लोगों को अहंकार घेर लेता है। जैसा कि रावण के साथ हुआ। बहुत कम लोग ऐसे होते हैं, जो अहंकार रूपी दुर्गुण से बच पाते हैं, वरना कमोबेश सभी में थोड़ी-बहुत मात्रा में यह पाया जाता है। अहंकार की भावना आने पर मनुष्य की बुद्धि भी नष्ट हो जाती है, क्योंकि बुद्धि के नष्ट होने पर ही उसे अहंकार घेरता है। यदि बुद्धि स्थिर होगी तो मनुष्य दुर्गुणों से दूर ही रहेगा।

अनावश्यक बात न कहें। कोई बात कहने से पूर्व उसके द्वारा उत्पन्न प्रभाव पर विचार कर लें। संग-साथ के प्रभाववश अपने सिद्धांतों को न छोड़ें, अर्थात् अपने उसूलों से समझौता न करें। अपनी कमजोरियों एवं गुणों को पहचानिए। अपने व्यक्तित्व के सकारात्मक पहलुओं को और मजबूत करने की कोशिश कीजिए।

❑

33

अपनी क्षमता को पहचानना

अपनी क्षमता को पहचानना बड़ा महत्त्व रखता है। अपने स्वयं के बारे में एक यथार्थवादी मूल्यांकन करें। इस बात को जानें कि आप क्या हासिल करने की योग्यता रखते हैं और तदनुसार कार्य करें। ऐसा करने से आपको अपने मन-मानस से नकारात्मक विचारों को दूर करने में मदद मिलेगी। ध्यान रहे कि कुछ ऐसा करने के लिए अपनी प्रतिष्ठा को दाँव पर न लगाएँ, जो आपकी क्षमताओं के परे हो।

अपनी क्षमताओं को जानने से पहले अपनी दुर्बलताओं जैसे कि अहंकार आदि खराब मनोवृत्तियों को पहचानना अधिक महत्त्वपूर्ण है। व्यक्ति की सबसे बड़ी कमजोरी यह होती है कि उसमें अपनी कमजोरियों को पहचानने की क्षमता का अभाव होता है। हममें से अधिकतर लोग सोचते हैं कि जब एक बार हम अपनी क्षमताओं पर हाथ रख देते हैं और उस चीज की कल्पना कर सकते हैं, जो हमें सशक्त और प्रभावशाली बनाती है, फिर हम पूरी शक्ति एवं आत्मविश्वास के साथ दुनिया का सामना करने और अपने सामाजिक व व्यावसायिक जीवन का पालन करने तथा जीवन-वृत्ति को आगे बढ़ाने के लिए तैयार हो जाते हैं। हाँ, अपनी क्षमताओं को ठीक से जान लेना महत्त्वपूर्ण है और तब हम आगे बढ़ने तथा अपने जीवन को बेहतर बनाने के लिए उन क्षमताओं का

उपयोग कर सकते हैं। लेकिन अगर हमें अपनी दुर्बलताओं का पता नहीं होगा या हम उन्हें पहचानते तो हैं, लेकिन उनकी अनदेखी कर देते हैं तो वे हमारे पतन का कारण बन सकती हैं और हमारी कमजोरियाँ हमारी क्षमताओं को कमजोर कर देंगी तथा उन्हें नकारात्मकता में बदल देंगी, जिनसे हम बचना चाहते हैं।

अपनी भावनाओं और व्यवहार के बारे में आपको शर्मिंदा होने की जरूरत नहीं है, लेकिन यह समझने की कोशिश अवश्य करें कि आप अहंकारी क्यों हो जाते हैं, आपको गुस्सा क्यों आता है, ताकि आप इन हालात से निपट सकें।

❑

34

वाणी और व्यवहार में संयम

अपने अंदर किन्हीं गुणों की कमी पाकर लोग अकसर उनके बारे में हीन-भावना से भर जाते हैं। इस ग्रंथि से निकलने का तरीका यही है कि आप अपने अंदर जिन गुणों की कमी पाते हैं, उनके बारे में पछताने के बजाय, अपने सकारात्मक गुणों पर पूरा ध्यान दें। आपके अपने बारे में जो कुछ पसंद है, उन सभी बातों को एक कागज पर लिख लें और उनका अधिकतम उपयोग करें। याद रखें, इस संसार में कोई भी पूर्ण नहीं है।

अपने आप में विश्वास करें। आपके अंदर इतना आत्मविश्वास होना चाहिए कि सारी अड़चनों-बाधाओं के बावजूद आप लक्ष्य को हासिल कर लेंगे। अगर आप ऐसी कल्पना करेंगे कि आपने अपने लक्ष्य प्राप्त कर लिये हैं तो आपका आत्मविश्वास बढ़ेगा और सफलता पाने में सुविधा होगी। ऐसी गतिविधियों में भाग लें, जो आपको सफलता और उपलब्धि का एहसास करा सकें। इसका परिणाम बहुत अनुकूल होगा। आपके नकारात्मक विचार दूर हो जाएँगे।

अपने छोटे से स्वार्थ के लिए किसी को नुकसान मत पहुँचाइए। अपने जीवन के कार्यकलापों को ठीक समझने के लिए हमें पहले विचारों के महत्त्व को समझना होगा। अपने परिवार, मित्रों, नाते-रिश्तेदारों का तदनुरूपी संगठनों की सहायता लेना उचित होगा, ताकि आप टूट न

जाएँ। अपने मस्तिष्क में किसी व्यर्थ अथवा आंशिक विचार को स्थान न दें। यह कार्य बहुत कठिन है। इसके लिए सावधानीपूर्वक अभ्यास करना होगा।

एक समय की बात है, सूर्य और हवा में यह बहस छिड़ गई कि उन दोनों में कौन अधिक शक्तिशाली है। हवा ने सूर्य से कहा, "मैं तुमसे अधिक शक्तिशाली हूँ।"

"नहीं तुम मुझसे अधिक शक्तिशाली नहीं हो।" सूर्य ने कहा। इस प्रकार वे दोनों एक-दूसरे से कई दिन तक बहस करते रहे। मगर मामला था कि उलझता ही जा रहा था। अंत में हवा ने कहा, "चलो, देखते हैं कि हम दोनों में कौन सबसे अधिक शक्तिशाली है।"

"नहीं तुम मुझसे अधिक शक्तिशाली नहीं हो।" सूर्य ने कहा।

इस प्रकार वे दोनों एक-दूसरे से कई दिन तक बहस करते रहे। मगर मामला था कि उलझता ही जा रहा था।

अंत में हवा ने कहा, "चलो, देखते हैं कि हम दोनों में कौन सबसे अधिक शक्तिशाली है।"

"ठीक है, मैं भी राजी हूँ।" सूर्य ने कहा।

तभी अचानक उन्होंने देखा कि सामने से एक यात्री आ रहा था। उसे देखकर हवा को अपनी शक्ति का प्रदर्शन करने की एक युक्ति सूझ गई। उसने सूर्य से कहा, "देखो, वह यात्री आ रहा है, हम दोनों में से जो भी उसे अपनी शर्ट उतारने को विवश कर देगा, वहीं शक्तिशाली समझा जाएगा। सबसे पहले मैं प्रयत्न करूँगी। तक तक तुम बादलों की ओट में छिप जाओ।"

सूर्य के बादलों में छिपते ही हवा बहुत जोर से चलने लगी। मगर हवा में जितनी अधिक तेजी आती, यात्री उतनी ही मजबूती से अपनी शर्ट अपने शरीर के इर्द-गिर्द लपेट लेता। हवा बहुत देर तक बहुत तेजी से

चलती रही और अंत में थककर शांत हो गई। वह उस यात्री की शर्ट उतारने में किसी भी प्रकार से सफल न हो सकी।

उसे हारकर शांत होते देख सूर्य ने कहा, "अब मेरी बारी है।"

तब हवा एकदम बंद हो गई और सूर्य बादलों से बाहर निकलकर तेजी से चमकने लगा।

"ओह! कितनी गरमी हो गई है।" यात्री ने कहा, "शर्ट उतारनी पड़ेगी।"

यात्री ने गरमी से परेशान होकर शर्ट उतार फेंकी। यह देखकर हवा ने खामोशी से अपनी पराजय स्वीकार कर ली; उसका अहंकार भंग हो गया।

❑

35

क्षमता का विकास कीजिए

हमारे जीवन में बहुत सी चीजें ऐसी हैं, जहाँ हमारी पसंद और नापसंद की कोई अहमियत नहीं है। मसलन हम अपने परिवार, माता-पिता, भाई-बहन, जन्म स्थान, जाति आदि को नहीं बदल सकते। इसी प्रकार हमें जीवन में जो भी लोग मिलते हैं, उनके साथ एक सामंजस्य की कला का विकास करना चाहिए। इसका निरंतर अभ्यास करने से जो परिणाम सामने आएँगे, वे आपके जीवन और आपकी सोच को बदलने में सहायक सिद्ध होंगे।

अपने समस्त मनोभावों व विचारों पर नियंत्रण की क्षमता का विकास कीजिए। आपका जीवन सचमुच आपका अपना जीवन होना चाहिए, जिसे आपने पसंद किया है। जीवन में अधिकतर हम अपने लिए सिर्फ इसलिए भी मुसीबतें मोल ले लेते हैं कि हम दूसरे व्यक्तियों से उस तरह की अपेक्षाएँ कर बैठते हैं, जिन्हें पूरा करना औरों के बस में नहीं होता। जबकि हमारी धारणा होती है, "वे चाहते तो यह हो सकता था?"

अहंकारी सोच वाला मनुष्य किसी में भी खोट निकाल सकता है। इस सोच के चलते वह अपने दायरे से बाहर नहीं निकल पाता, उसके इर्द-गिर्द ही घूमता रहता है। वह सोचता है कि एक वही बुद्धिमान है। वह सबकी गलतियाँ निकाल सकता है। अतः वह सफल है।

अहंकार से बचाव के लिए अपने विचारों को सकारात्मक अथवा आशाजनक बनाए रखें, ताकि हमारे मानसिक संवेग सकारात्मकता की तरफ उन्मुख हो सकें। इसके लिए हमें अपने विचारों को शुद्ध करना होगा। हमारी वैचारिक संपदा ही हमारी सबसे बड़ी पूँजी है। इसे सहेजकर रखिए, यह आपको औरों से अलग दिखने व बनने में बहुत बड़ी भूमिका अदा करेगी। सकारात्मक मानसिकता हमारे जीवन के संपूर्ण परिवेश को आलोकित करती है।

अहंकार की अपेक्षा नम्रता से अधिक लाभ होता है, क्योंकि अहंकारी व्यक्ति स्वयं को ही खा जाता है। ध्यान दें, मनुष्य के मन में देवता तथा राक्षस दोनों का वास है। आत्मा इन दोनों तत्त्वों को देखती व जानती है।

अहंकार की अपेक्षा नम्रता से अधिक लाभ होता है, क्योंकि अहंकारी व्यक्ति स्वयं को ही खा जाता है। ध्यान दें, मनुष्य के मन में देवता तथा राक्षस दोनों का वास है। आत्मा इन दोनों तत्त्वों को देखती व जानती है। जैसे हमारे विचार होते हैं, वैसी ही हमारी स्थिति हो जाती है। अर्थात् मन तो केवल एक ही है। इसे जहाँ पर अच्छा समझो, वहाँ लगाओ। इससे चाहे गुरु की सेवा-भक्ति करो या सांसारिक विषय भोगों की कमाई करो।

❑

36

अहंकार का कड़वा फल

अहंकार का कारण है अपने असली स्वरूप अर्थात् 'मैं' को न समझना। जैसे ही व्यक्ति मैं को उसके असली रूप में देख लेता है, उसका अहंकार बिल्कुल वैसे ही अदृश्य हो जाता है, जैसे दीपक के जलने से अंधकार का कोई अता-पता नहीं रहता।

अहंकार का जीवन-दर्शन अपने आप में परिपूर्ण शास्त्र है। इस जीवन दर्शन की अंतिम उपलब्धि नरक है—अपने आसपास दुःख और पीड़ा का एक व्यापक साम्राज्य। और निरहंकार जीवन-दर्शन की अंतिम उपलब्धि मोक्ष है, मुक्ति है।

निरहंकार का जीवन-दर्शन आश्वासन देता है मोक्ष तक पहुँचाने का और अहंकार का जीवन-दर्शन सब तरह के प्रलोभन देता है। अहंकार के द्वार पर भी लिखा है स्वर्ग, और अहंकार के आमंत्रण बड़े ही भुलावेपूर्ण हैं। वे ऐसे ही हैं, जैसे—कोई मछलियाँ पकड़ने जाता है तो काँटे पर आटा लगा देता है। कोई मछलियों को आटा खिलाने के लिए नहीं; खिलाना तो काँटा है। लेकिन आटे के बिना काँटा मछलियों तक पहुँचेगा नहीं। अहंकार बड़े प्रलोभन देता है; दुःख के काँटे पर बड़ा आटा लगा देता है। आटे के लोभ में ही हम उसे निगल जाते हैं। और बहुत देर हो गई होती है; फिर उसे थूक देना संभव नहीं। काँटा छिद गया होता है; घाव बन गए होते हैं।

"अहंकार का नाश करके, जिन्होंने आत्मानंद प्राप्त किया है, उन्हें और क्या पाना बाकी रह जाता है।" **—महर्षि रमन**

अहंकार की बड़ी-से-बड़ी भूल यह है कि जो अंत में दुःख देता है, उसमें प्रारंभ में सुख दिखता है। जहाँ-जहाँ प्रारंभ में सुख दिखाई पड़े, वहाँ-वहाँ अंत में आप पाओगे कि दुःख मिलेगा। क्योंकि सुख इतना सस्ता नहीं हो सकता कि प्रारंभ में मिल जाए। अहंकार के जन्म के लिए कोई बहुत बड़ी रूप-रेखा नहीं बनानी पड़ती। यह तो क्षण भर में मन में समा जाता है और मनुष्य पर अपना आधिपत्य जमा लेता है।

अहंकार की बड़ी-से-बड़ी भूल यह है कि जो अंत में दुःख देता है, उसमें प्रारंभ में सुख दिखता है। जहाँ-जहाँ प्रारंभ में सुख दिखाई पड़े, वहाँ-वहाँ अंत में आप पाओगे कि दुःख मिलेगा। क्योंकि सुख इतना सस्ता नहीं हो सकता कि प्रारंभ में मिल जाए।

अहंकार के दोषों को निरूपित करते हुए समर्थ गुरु रामदास ने क्या खूब कहा है कि जिसने अहंभाव की मक्खी खा ली, उसको ज्ञानरूपी भोजन में रुचि कैसे होगी? जिसके मन में अहंभाव नष्ट नहीं होगा, उसको ज्ञानरूपी अन्न नहीं पचेगा। अहंकार को शून्य करने में प्रार्थना मदद दे सकती है। प्रार्थना कोई यांत्रिक वस्तु नहीं, वह हृदय की क्रिया है। भगवान् की प्रार्थना में सारे भेदों को भूल जाने का अभ्यास हो जाता है। ❑

37

अहंकार प्रेम की अनुपस्थिति का परिणाम

अहंकार बहुत सूक्ष्म होता है। कई बार हमें लगता है कि हम इससे मुक्त हो रहे हैं, पर इसकी जड़ें इतनी गहरी होती हैं कि थोड़ा सा अनुकूल अवसर पाने पर यह अंकुरित हो जाती हैं। हमारा अहम् ही ईश्वर और हमारे बीच दीवार बनकर खड़ा है। ईश्वर कितने उपायों से इसे तोड़ना सिखाते हैं, पर हम उनसे ही नाराज हो जाते हैं। जीवन में जब भी हमें मानसिक उद्वेग या पीड़ा का अनुभव होता है, इसके पीछे हमारा अहंकार ही जिम्मेदार है। ऊपर से तुर्रा यह कि अहम् सत्य नहीं है, इसकी परत-दर-परत खोलते चले जाएँ तो वहाँ कुछ बचता नहीं। स्वयं को कुछ साबित करना, इसी अहम् का ही एक रूप है।

अहंकार रूपी अवगुण से मनुष्य को सतत बचना चाहिए, क्योंकि सफलता चाहने वालों के लिए यह बहुत घातक होता है। अहंकार से देवता दानव बन जाते हैं और नम्रता से मानव देवता। अहंकार सोने का हार भी मिट्टी बना देता है। अहंकारपूर्ण जीवन को छोड़ देना ही त्याग है और वहीं सौंदर्य है। अहंकारी अथवा घमंडी व्यक्ति को न केवल समाज, वरन् उसका अपना परिवार तथा मित्रगण तक पसंद नहीं करते। आप कितने ही प्रतिभाशाली और योग्य क्यों न हों, यदि आप घमंडी हैं तो लोग

आपको पसंद नहीं करेंगे। घमंडी व्यक्ति से व्यवहारकुशलता की उम्मीद करना बेमायने है।

आजकल मनोवैज्ञानिक क्रोध, कुढ़न, खीझ, क्षोभ इत्यादि विकारों को किसी के असामान्य व्यवहार का लक्षण नहीं मानते हैं। इसे एक सामान्य प्रक्रिया माना जाता है। ऐसी प्रक्रिया जिसके जरिए मानव का विकास और अनुकूलन संभव हुआ है। यह अपने आप में कोई बुरी चीज नहीं है; लेकिन समस्याएँ तब उत्पन्न होती हैं, जब इसे ठीक तरह नहीं सँभाला जाता है। बार-बार अधीरता, घबराहट दिखाना बेवकूफी है और इससे नियंत्रण, समझदारी एवं संवेदनशीलता की कमी जाहिर होती है।

आजकल मनोवैज्ञानिक क्रोध, कुढ़न, खीझ, क्षोभ इत्यादि विकारों को किसी के असामान्य व्यवहार का लक्षण नहीं मानते हैं। इसे एक सामान्य प्रक्रिया माना जाता है। ऐसी प्रक्रिया जिसके जरिए मानव का विकास और अनुकूलन संभव हुआ है।

आत्मप्रतिष्ठित अहंकार वह है, जो बहुधा अपनी ही भूलों अथवा त्रुटियों से पैदा होता है। जबकि परप्रतिष्ठित अहंकार से अभिप्राय किसी दूसरे व्यक्ति द्वारा प्रदत्त अहंकार से है। सरसरी नजर से देखें, तो अहंकार एक ही है, परंतु उत्पत्ति के दृष्टिकोण से इसे दो धाराओं में विभाजित किया गया है। अध्यात्म की अवधारणा है कि अहंकारी मोहनीय कर्म का उदय भाव है। ज्यों-ज्यों मोहनीय कर्म का क्षय होता जाएगा, त्यों-त्यों अहंकार के आवेग का क्षरण होगा।

महात्मा गांधी कहते हैं—"आप अहंकार छोड़ दीजिए। सुखों की अनुभूति होनी प्रारंभ हो जाएगी।"

❑

38

आत्मीयता और मित्रता का भाव

चाहे कार्यालय हो या फिर व्यापार का क्षेत्र प्रत्येक स्थान पर हम परस्पर दूसरों पर निर्भर हैं। हम चारों ओर उन्हीं गुणों की तलाश में रहते हैं, जिन्हें प्राप्त किए बिना हमें पूर्णता का एहसास नहीं होता। ये गुण हमें दूसरों से सीखने होते हैं। अत: दूसरों का खयाल करने की भावना का विकास कीजिए। व्यक्ति के लिए जरूरी है कि वह सभी के प्रति आत्मीयता और मित्रता का भाव रखे। इन गुणों के अभाव में अत्यंत योग्य व समर्थ व्यक्ति भी सदैव बौना सा बना रहेगा और उसका व्यक्तित्व दूसरों के लिए प्रेरणादायक नहीं हो सकता।

अहंकार को सभी मनोवैज्ञानिकों ने नुकसानदेह समझकर इससे मुक्त रहने की बात कही है। यह व्यक्ति को अंदर-ही-अंदर भस्म कर देता है।

जीवन की धूप-छाँव में हताशा के बादल प्राय: उभरते रहते हैं। किसी अंधी गली में खड़ी उदासी कभी हमारे सपनों को क्षत-विक्षत और भविष्य को संदिग्ध बना देती है, तो कभी हमारे उस विश्वास को इस तरह झकझोर देती है, जो कभी हमारे जीवन की पूँजी और हताशा से हमें उबारने का संबल हुआ करता था। जीवन को सकारात्मक सोच एवं ऊर्जा के साथ समझने का प्रयास किया जाना चाहिए। क्योंकि जब हम

जीवन को समझ पाते हैं, तब तक उम्र के उत्तरार्ध में पहुँच जाते हैं। जीवन हमें एक बहुमूल्य ईश्वरीय उपहार है, जिसे हमें श्रेष्ठतम सिद्ध करते हुए जीना चाहिए। जीवन का यथेष्ट लक्ष्य निर्धारित किया जाना चाहिए और लक्ष्य की ओर सकारात्मक सोच के साथ आगे बढ़ना चाहिए। हम देखेंगे हमारे जीवन की शैली ही बदल गई है। हमारा दृष्टिकोण ही बदल गया है और हम देखेंगे दृढ़ आत्मविश्वास एवं सफलता के नए आयामों ने हमारे जीवन के सुनहरे द्वार खोल दिए हैं।

जो बहुत अहंकार करते थे, वही अपने अहंकार के कारण गिरे। इसलिए किसी को कभी अहंकार नहीं करना चाहिए। अहंकार ही हार का द्वार है। जो मनुष्य अहंकार करता है, उसका एक दिन पतन अवश्य ही होगा। जो हम करते हैं, वह दूसरे भी कर सकते हैं, ऐसा मानें। यदि न मानें तो हम अहंकारी ठहराए जाएँगे। वस्तुतः अहंकार प्रधान विचारों को बहिष्कृत करने का मतलब न केवल ऐसे लक्ष्य निर्धारित करना है, जिन्हें प्राप्त किया जा सके, बल्कि एक आत्म-नियंत्रित ढंग से उनको पूरा करने की दिशा में कदम बढ़ाना भी है। ऐसा करने से आपका ध्यान उस कार्य पर लगा रहेगा, जो आपको पूरा करना है। आपको पता होना चाहिए कि क्या करना है और क्या नहीं करना है। सही तरीके से सही काम करें।

अहंकार ही हार का द्वार है। जो मनुष्य अहंकार करता है, उसका एक दिन पतन अवश्य ही होगा। जो हम करते हैं, वह दूसरे भी कर सकते हैं, ऐसा मानें। यदि न मानें तो हम अहंकारी ठहराए जाएँगे। वस्तुतः अहंकार प्रधान विचारों को बहिष्कृत करने का मतलब न केवल ऐसे लक्ष्य निर्धारित करना है, जिन्हें प्राप्त किया जा सके, बल्कि एक आत्म-नियंत्रित ढंग से उनको पूरा करने की दिशा में कदम बढ़ाना भी है।

अहंकारी सोच मनुष्य को लोगों से दूर करती है। वह उसे काम से दूर ले जाती है, उलझनों को बढ़ाती है। क्योंकि इस सोच के कारण लोग न तो उस पर विश्वास करते हैं और न ही उसके साथ उठना-बैठना पसंद करते हैं। इस प्रकार, वह अपने कार्यों को आसानी से नहीं कर पाता, अर्थात् उसकी सफलता उससे दूर होती जाती है और तनाव, चिंता आदि जैसे दुर्गुण उसे घेर लेते हैं। वह चिड़चिड़ा होकर लोगों से लड़ता-झगड़ा रहता है। अहंकारी सोच रखनेवाले मनुष्य के पास किसी भी काम को न करने के सैकड़ों बहाने होते हैं। और इस प्रकार की सोच रखनेवाला मनुष्य कार्यों को 'कल' पर टालता रहता है, जो कभी नहीं आता।

मनोवैज्ञानिकों ने मानवीय व्यवहार का गहन अध्ययन करके उसकी दस वृत्तियों को सूचीबद्ध किया है। उन्हीं दस वृत्तियों में अहंकार भी एक है। सभी मनुष्यों में अहंकार का थोड़ा अथवा ज्यादा पुट होता है। किसी मनुष्य में अहंकार पत्थर पर खिंची लकीर सरीखा होता है तो कुछ में जल पर अंकित रेखा के समान। लेकिन हर स्तर का अहंकार बुरा ही होता है। अहंकार एक प्रकार के मानसिक अवसाद की तरह है।

मनोवैज्ञानिकों की राय है कि अपशब्द या अनर्गल वार्त्तालाप भी कई बार अहंकार को जन्म देते हैं। जो हम सुनना चाहते हैं, उसके विपरीत तीखी भाषा में कही गई बात भी अहंकार व द्वेष को बढ़ावा देती है। वर्तमान दौर में मानवीय मूल्यों का तेजी से क्षरण होता जा रहा है। व्यक्ति में स्वार्थ की भावना बढ़ती जा रही है। अनेक मर्तबा यह देखा गया है कि जब हम अपनी स्वार्थपूर्ति में किसी प्रकार की बाधा देखते हैं तो अहंकारी हो जाते हैं।

मनोवैज्ञानिकों ने मानवीय व्यवहार का गहन अध्ययन करके उसकी

दस वृत्तियों को सूचीबद्ध किया है। उन्हीं दस वृत्तियों में अहंकार भी एक है। सभी मनुष्यों में अहंकार का थोड़ा अथवा ज्यादा पुट होता है। किसी मनुष्य में अहंकार पत्थर पर खिंची लकीर सरीखा होता है तो कुछ में जल पर अंकित रेखा के समान। लेकिन हर स्तर का अहंकार बुरा ही होता है। अहंकार एक प्रकार के मानसिक अवसाद की तरह है। अहंकार के गहरे चक्रव्यूह से बाहर निकलने के लिए आपको अपने भीतर कुछ परिवर्तन करने होंगे। इसके लिए जीवन के प्रति सकारात्मक दृष्टिकोण का विकास करना होगा। आपको उन कारणों या तत्त्वों को भी ढूँढ़ना पड़ेगा, जिनकी मदद से आप अपना कार्य कुशलतापूर्वक पूरा कर सकें।

अहंकार से घिरा व्यक्ति जीवन में दिलचस्पी नहीं लेता। सामान्य घटनाएँ, जो लोगों को प्रसन्नता प्रदान करती हैं, जैसे कि पदोन्नति, संतान जन्म तथा बच्चों का परीक्षा में पास होना आदि उसे खुशी नहीं देते। वह अपने कार्यक्षेत्र में लोगों की नापसंदगी का कारण बन जाता है और धीरे-धीरे उसके सहकर्मी व घर-परिवार के लोग उससे किनारा कर लेते हैं।

❑

39

अहंकार और स्वाभिमान में अंतर

स्वाभिमान अहंकार नहीं। दोनों में भिन्नता ही नहीं है, विरोध भी है। अहंकार दूसरे से अपने को श्रेष्ठ समझने का भाव है। अहंकार एक रोग है। किस-किस से अपने को श्रेष्ठ समझोगे? कोई सुंदर है ज्यादा, कोई स्वस्थ है ज्यादा, कोई प्रतिभाशाली है, कोई मेधावी है। अहंकारी जीवन भर दुःख झेलता है। जगह-जगह चोटें खाता है। उसका जीवन घाव और घाव से भरता चला जाता है। दूसरे से तुलना करने में अहंकार है। और मैं दूसरे से श्रेष्ठ हूँ, ऐसी धारणा में अहंकार है।

स्वाभिमान की बात ही और है। स्वाभिमान अत्यंत विनम्र है। दूसरे से श्रेष्ठ होने का कोई सवाल नहीं है। सब अपनी-अपनी जगह अनूठे हैं। यह स्वाभिमान की स्वीकृति है कि कोई किसी से न ऊपर है, और कोई किसी से न नीचे है। एक छोटा सा घास का फूल और आकाश का बड़े-से-बड़ा तारा, इस अस्तित्व में दोनों का समान मूल्य है। यह छोटा सा घास का फूल भी न होगा तो अस्तित्व में कुछ कमी हो जाएगी, जो महातारा भी पूरी नहीं कर सकता।

स्वाभिमान इस बात की स्वीकृति है कि यहाँ प्रत्येक अनूठा है। और कोई दौड़ नहीं है, कोई प्रतिस्पर्धा नहीं है, कोई महत्त्वाकांक्षा नहीं

है। हाँ, यदि कोई दूसरा आप पर आक्रामक हो, स्वाभिमान में कोई आक्रमण नहीं है, लेकिन अगर कोई दूसरा तुम पर आक्रामक हो तो स्वाभिमान में संघर्ष की क्षमता है—दूसरे को छोटा दिखाने के लिए नहीं, दूसरे का आक्रमण गलत है, हर आक्रमण गलत है यह सिद्ध करने को।

स्वाभिमान की कोई अकड़ नहीं। सीधा-सादा है। लेकिन दुनिया की बड़ी-से-बड़ी शक्ति भी स्वाभिमानी व्यक्ति को नीचा नहीं दिखा सकती। यह बड़ा अनूठा राज है। स्वाभिमानी व्यक्ति विनम्र है, इतना विनम्र है कि वह खुद ही सबसे पीछे खड़ा है। अब उसको और कहाँ पीछे पहुँचाओगे?

अब्राहम लिंकन के संबंध में एक उल्लेख है कि एक विशेष वैज्ञानिकों के सम्मेलन में उन्हें निमंत्रित किया गया। वे गए भी, लेकिन लोग उनकी राह देख रहे थे उस द्वार पर, जो मंच के निकट था। क्योंकि देश का राष्ट्रपति आए तो मंच पर, सबसे ऊँचे सिंहासन पर उनके बैठने की जगह थी। लेकिन वे आए भी उस द्वार से, जहाँ से भीड़ आ रही थी आम लोगों की; जिनका न कोई नाम है, न कोई ठौर है, न कोई ठिकाना है। और बैठे रहे वहीं, जहाँ लोग जूते छोड़ जाते हैं।

अब्राहम लिंकन के संबंध में एक उल्लेख है कि एक विशेष वैज्ञानिकों के सम्मेलन में उन्हें निमंत्रित किया गया। वे गए भी, लेकिन लोग उनकी राह देख रहे थे उस द्वार पर, जो मंच के निकट था। क्योंकि देश का राष्ट्रपति आए तो मंच पर, सबसे ऊँचे सिंहासन पर उनके बैठने की जगह थी।

देर होने लगी सभा के होने में। संयोजक घोषणाएँ करने लगे कि बड़ी मुश्किल है, हमने अब्राहम लिंकन को आमंत्रित किया है और वे अभी तक पहुँचे नहीं। और उनकी बिना मौजूदगी के सम्मेलन को हम

शुरू करें, यह जरा अपमानजनक है। और देर होती जा रही है।

अब्राहम लिंकन के पास में बैठे हुए आदमी ने उन्हें टिहुनी से धक्का दिया कि महाराज, खड़े होकर साफ–साफ कह क्यों नहीं देते कि तुम मौजूद हो, सम्मेलन शुरू हो? अब्राहम लिंकन ने कहा कि "मैं चाहता था चुपचाप रहूँ, क्योंकि यह वैज्ञानिकों का सम्मेलन है। इसमें मेरे प्रधान होने का कहाँ सवाल उठता है?"

लेकिन तब तक दूसरे लोगों ने भी देख लिया। संयोजक भी भागे आए और उनसे कहा, "यह आप क्या कर रहे हैं? यह हमारे सम्मेलन का सम्मान नहीं, अपमान हो रहा है कि आप वहाँ बैठे हैं, जहाँ लोग जूते छोड़ जाते हैं।" अब्राहम लिंकन ने कहा, "नहीं, मैं वहाँ बैठा हूँ, जहाँ से और पीछे न हटाया जा सकूँ।"

जितनी ऊँची जीवन-अनुभूतियाँ हैं, वे सब ऐसी हैं, जैसे तलवार की धार पर चलना। जरा सी चूक, न बाएँ-न दाएँ, ठीक मध्य में। वैसा स्वाभिमान है। न तो किसी पर अपने अहंकार की छाप छोड़नी है, और न किसी को यह हक देना है कि वह अपने अहंकार की छाप आप पर छोड़ सके। इसलिए स्वाभिमानी होना एक आध्यात्मिक प्रक्रिया है।

यह बात कि मैं वहाँ बैठा हूँ, जहाँ से और पीछे न हटाया जा सकूँ; बड़े स्वाभिमानी व्यक्ति की बात है। स्वाभिमानी किसी को नीचा दिखाना नहीं चाहता और न ही किसी को मौका देगा कि कोई उसे नीचा दिखा सके।

अहंकार बहुत सरल बात है। रोग आम है, स्वाभिमान का स्वास्थ्य बहुत मुश्किल है। और कभी जब किसी व्यक्ति में पैदा होता है, तो पहचानना भी मुश्किल होता है। क्योंकि उसका कोई दावा नहीं। लेकिन चमत्कार तो यही है कि स्वाभिमान का कोई दावा नहीं, यही उसका दावा है। स्वाभिमानी व्यक्ति किसी के

ऊपर अपने को रखना नहीं चाहता, और किसी को कभी अपने ऊपर गुलामी लादने न देगा।

जितनी ऊँची जीवन-अनुभूतियाँ हैं, वे सब ऐसी हैं, जैसे तलवार की धार पर चलना। जरा सी चूक, न बाएँ-न दाएँ, ठीक मध्य में। वैसा स्वाभिमान है। न तो किसी पर अपने अहंकार की छाप छोड़नी है, और न किसी को यह हक देना है कि वह अपने अहंकार की छाप आप पर छोड़ सके। इसलिए स्वाभिमानी होना एक आध्यात्मिक प्रक्रिया है। अहंकारी होना एक सांसारिक बीमारी है। स्वाभिमान में न तो स्व है और न अहंकार।

महर्षि वेदव्यास ने कहा है, "वृद्धावस्था रूप का, आशा धैर्य का, मृत्यु प्राणों का, दूसरों में दोष दृष्टि धर्माचरण का, काम लज्जा का, नीच पुरुषों की सेवा सदाचार का, क्रोध लक्ष्मी का और अहंकार सर्वस्व का ही नाश कर देता है।"

बुद्धिमान मनुष्य को, संसार में फँसे हुए मोह रूपी बादल में यह रूप निश्चय ही बिजली के क्रोध के समान है—ऐसा विचार करके आश्चर्यपूर्ण सौंदर्य-विलास का अहंकार नहीं करना चाहिए। शुभार्थियों को अहंकार नहीं होता। बिना जाने हठपूर्वक कार्य करनेवाला अहंकार विनाश को प्राप्त होता है।

कुल, धन, ज्ञान, रूप, पराक्रम, दान और तप—ये सात मुख्य रूप से मनुष्यों के अहंकार के हेतु हैं। कुल-संबंध अस्थिर है, विद्या सदा ही विवादपूर्ण है, और धन क्षण में ही नष्ट हो जानेवाला है, अतः इन मोह-जनक वस्तुओं पर अहंकार मिथ्या ही है। जरा से जीर्ण रूपों को, रोग से क्षीण शरीरों को और काल से ग्रस्त आयु को देखकर किसे अहंकार हो सकता है।

बुद्धिमान मनुष्य को, संसार में फँसे हुए मोह रूपी बादल में यह

रूप निश्चय ही बिजली के क्रोध के समान है—ऐसा विचार करके आश्चर्यपूर्ण सौंदर्य-विलास का अहंकार नहीं करना चाहिए। शुभार्थियों को अहंकार नहीं होता। बिना जाने हठपूर्वक कार्य करनेवाला अहंकार विनाश को प्राप्त होता है। अकुलीन मनुष्य राजा होने पर, मूर्ख का पुत्र पंडित बनने पर तथा निर्धन धन पाकर जगत् को तृणवत् समझते हैं। कुछ थोड़ी संपत्ति पाकर नीच व्यक्ति गर्वीला बन जाता है। मेढक कमल-पत्र के नीचे पहुँचकर स्वयं को दंडधारी समझता है।

कम जल वाला घड़ा छलकता है। कम दूध देने वाली गायें चंचल होती हैं। अल्पविद्या वाला मनुष्य महागर्वी होता है। कुरूप मनुष्य अधिक चेष्टाएँ करता है। वहीं जल से भरा घड़ा आवाज नहीं करता, आधे भरे घड़े से अवश्य आवाज होती है। कुलीन विद्वान् गर्व नहीं करता, गुणहीन मनुष्य अधिक बकवास करते हैं।

❑

40

'मैं' और 'मेरी' से रहित

एक बार की बात है, कृष्ण भगवान् के सदा साथ रहनेवाले गरुड़, सुदर्शन चक्र तथा सत्यभामा को अहंकार हो गया। अहंकार था— गरुड़ को तेज गति का, सुदर्शन चक्र को सर्व शक्तिमान होने का तथा सत्यभामा को सर्वश्रेष्ठ सुंदरी होने का।

यह अकारण नहीं था। इसके कुछ कारण भी थे। श्रीकृष्ण ने अपनी पत्नी सत्यभामा को स्वर्ग से पारिजात लाकर दिया था, यह माना जाता था कि जिसके पास यह पारिजात होता है, वह स्त्री परम सुंदरी और अपने पति की प्रिय हो जाती है। इसी विश्वास ने सत्यभामा को अहंकारी बना दिया। सुदर्शन चक्र ने एक युद्ध में इंद्र के वज्र को परास्त कर दिया था, इसलिए सुदर्शन चक्र को यह अहंकार हो गया कि जब वह इंद्र के वज्र को परास्त कर सकता हो तो किसी को भी परास्त कर सकता है। गरुड़ को श्रीकृष्ण के वाहन बनने का अधिकार मिला तो उसे लगा कि जब भगवान् मेरे बिना कहीं आ-जा नहीं सकते तो भला मेरी गति से कोई क्या मुकाबला करेगा, निश्चय ही मुझसे वेगवान इस विश्व में कोई नहीं।

इन तीन महान् आत्माओं को अहंकार करते देख श्रीकृष्ण सोच में पड़ गए। यदि उनके सर्वथा निकट रहनेवाले व्यक्ति अहंकारी हो जाएँगे तो भला भगवान् का काम कैसे चलेगा? अतः उन्होंने सबके अहंकार का

अंत करने के लिए हनुमानजी की सहायता ली।

श्रीकृष्ण द्वारा हनुमानजी का स्मरण करते ही वे जान गए कि उन्हें क्यों बुलाया गया है और वे तत्काल द्वारिका आ गए। श्रीकृष्ण और श्रीराम दोनों एक ही हैं, वे यह भी जानते ही थे। इसीलिए सीधे राजदरबार नहीं गए, कुछ कौतुक करने के लिए उद्यान में चले गए। वृक्षों पर लगे फल तोड़ने लगे, कुछ खाए, कुछ फेंक दिए, वृक्षों को उखाड़ फेंका, कुछ को तोड़ डाला; बाग वीरान बना दिया। फल तोड़ना और फेंक देना, हनुमानजी का उद्देश्य नहीं था। वह सब श्रीकृष्ण के संकेत से की जानेवाली लीला थी। बात श्रीकृष्ण तक पहुँची, किसी वानर ने राजोद्यान को उजाड़ दिया है, कुछ किया जाए। श्रीकृष्ण ने गरुड़ को बुलाया और कहा, "सेना लेकर जाओ और उस वानर को पकड़ लाओ।"

गरुड़ ने कहा, "प्रभु, एक मामूली वानर को पकड़ने के लिए सेना की क्या आवश्यकता है? मैं अकेला ही उसे मजा चखा दूँगा।" कृष्ण मन-ही-मन मुसकरा दिए, "जैसा तुम चाहो, लेकिन उसे रोको।"

गरुड़ ने कहा, "प्रभु, एक मामूली वानर को पकड़ने के लिए सेना की क्या आवश्यकता है? मैं अकेला ही उसे मजा चखा दूँगा।" कृष्ण मन-ही-मन मुसकरा दिए, "जैसा तुम चाहो, लेकिन उसे रोको।"

गरुड़ ने हनुमानजी को ललकारा, "बाग क्यों उजाड़ रहे हो? फल क्यों तोड़ रहे हो? चलो, तुम्हें श्रीकृष्ण बुला रहे हैं।"

हनुमानजी ने कहा, "मैं किसी कृष्ण को नहीं जानता। मैं तो श्रीराम का सेवक हूँ। जाओ, कह दो, मैं नहीं आऊँगा।"

गरुड़ क्रोधित होकर बोला, "तुम नहीं चलोगे तो मैं तुम्हें पकड़कर ले जाऊँगा।" हनुमानजी ने कोई उत्तर नहीं दिया। गरुड़ की अनदेखी कर वे फल तोड़ते रहे और गरुड़ को समझाया, "वानर का काम फल तोड़ना

और फेंकना है, मैं अपने स्वभाव के अनुसार ही कर रहा हूँ, मेरे काम में दखल न दो, क्यों झगड़ा मोल लेते हो, जाओ, मुझे आराम से फल खाने दो।"

> **श्रीकृष्ण ने कहा, "गरुड़, वे बंदर हनुमानजी हैं और श्रीरामजी के भक्त हैं, इसीलिए नहीं आए। यदि तुम कहते कि श्रीराम ने बुलाया है, तो फौरन भागे चले आते। हनुमान अब मलय पर्वत पर चले गए हैं। तुम तेजी से जाओ और उससे कहना, श्रीराम ने उन्हें बुलाया है। तुम तेज उड़ सकते हो। तुम्हारी गति बहुत है, उन्हें साथ ही ले आना।"**

गरुड़ नहीं माना, तब हनुमानजी ने अपनी पूँछ बढ़ाई और गरुड़ को दबोच लिया। उसका घमंड दूर करने के लिए कभी पूँछ को ढीला कर देते, गरुड़ कुछ साँस लेता और जब कसते तो गरुड़ के मानो प्राण ही निकल रहे हों। हनुमानजी ने सोचा, 'भगवान् का वाहन है, प्रहार भी नहीं कर सकता। लेकिन इसे सबक तो सिखाना ही होगा।' पूँछ को एक झटका दिया और गरुड़ को दूर समुद्र में फेंक दिया। बड़ी मुश्किल से गरुड़ दरबार में पहुँचा। भगवान् को बताया, वह कोई साधारण वानर नहीं है। मैं उसे पकड़कर नहीं ला सकता। भगवान् मुसकरा दिए, सोचा गरुड़ का शक्तिमान होने का घमंड तो दूर हो गया, लेकिन अभी इसके वेग के घमंड को चूर करना है।

श्रीकृष्ण ने कहा, "गरुड़, वे बंदर हनुमानजी हैं और श्रीरामजी के भक्त हैं, इसीलिए नहीं आए। यदि तुम कहते कि श्रीराम ने बुलाया है, तो फौरन भागे चले आते। हनुमान अब मलय पर्वत पर चले गए हैं। तुम तेजी से जाओ और उससे कहना, श्रीराम ने उन्हें बुलाया है। तुम तेज उड़ सकते हो। तुम्हारी गति बहुत है, उन्हें साथ ही ले आना।"

गरुड़ वेग से उड़े, मलय पर्वत पर पहुँचे। हनुमानजी से क्षमा माँगी

और कहा, "श्रीराम ने आपको याद किया है, अभी मेरे साथ चलें, मैं आपको अपनी पीठ पर बैठाकर मिनटों में द्वारिका ले जाऊँगा। आप स्वयं चलेंगे तो देर हो जाएगी। मेरी गति बहुत तेज है।"

हनुमानजी मुसकराए। भगवान् की लीला समझ गए, बोले, "तुम जाओ, मैं तुम्हारे पीछे ही आ रहा हूँ।"

द्वारिका में श्रीकृष्ण राम रूप धारण कर सत्यभामा को सीता बना सिंहासन पर बैठ गए। सुदर्शन चक्र को आदेश दिया, "द्वार पर रहना, कोई बिना आज्ञा अंदर न आने पाए," श्रीकृष्ण समझते थे कि श्रीराम का संदेश सुनकर तो हनुमानजी एक पल भी रुक नहीं सकते, अभी आते ही होंगे।

गरुड़ को तो हुनमानजी ने विदा कर दिया और स्वयं उससे भी तीव्र गति से उड़कर गरुड़ से पहले ही द्वारिका पहुँच गए। दरबार के द्वार पर सुदर्शन ने उन्हें रोककर कहा, "बिना आज्ञा अंदर जाना मना है।"

जब श्रीराम बुला रहे हों तो हनुमानजी विलंब सहन नहीं कर सकते। सुदर्शन को पकड़ा और मुँह में दबा लिया। अंदर गए, सिंहासन पर श्रीराम और सीताजी बैठे थे। हुनमानजी समझ गए। श्रीराम को प्रणाम किया और बोले, "प्रभु, आने में देर तो नहीं हुई?" साथ ही कहा, "प्रभु, माँ कहाँ है? आपके पास आज यह कौन दासी बैठी है?" सत्यभामा ने सुना तो लज्जित हुईं, क्योंकि वे समझती थीं कि कृष्ण द्वारा पारिजात लाकर दिए जाने से वे सबसे सुंदर स्त्री बन गई

श्रीराम को प्रणाम किया और बोले, "प्रभु, आने में देर तो नहीं हुई?" साथ ही कहा, "प्रभु, माँ कहाँ है? आपके पास आज यह कौन दासी बैठी है?" सत्यभामा ने सुना तो लज्जित हुईं, क्योंकि वे समझती थीं कि कृष्ण द्वारा पारिजात लाकर दिए जाने से वे सबसे सुंदर स्त्री बन गई हैं। सत्यभामा का घमंड चूर हो गया।

हैं। सत्यभामा का घमंड चूर हो गया।

उसी समय गरुड़ तेज गति से उड़ने के कारण हाँफते हुए दरबार में पहुँचे। साँस फूल रही थी, थके हुए से लग रहे थे। और हनुमानजी को दरबार में देखकर तो वे चकित रह गए। मेरी गति से भी तेज गति से हनुमानजी दरबार में पहुँच गए? लज्जा से पानी-पानी हो गए, शक्ति और तेज गति से उड़ने का घमंड चूर हो गया। श्रीराम बने हुए कृष्ण ने पूछा, "हनुमान! तुम अंदर कैसे आ गए? किसी ने रोका नहीं?"

"रोका था भगवन्, सुदर्शन ने। मैंने सोचा आपके दर्शनों में विलंब होगा, इसलिए उनसे उलझा नहीं, उसे मैंने अपने मुँह में दबा लिया था।" और यह कहकर हनुमानजी ने मुँह से सुदर्शन चक्र को निकालकर प्रभु के चरणों में डाल दिया।

तीनों के घमंड चूर हो गए। महत्त्वपूर्ण कार्य संपन्न हो चुका था। श्रीकृष्ण ने हनुमानजी को गले लगाया, हृदय से हृदय की बात हुई, और उन्हें विदा कर दिया।

परमात्मा अपने भक्तों में, अपने निकटस्थों में अहंकार रहने नहीं देते। श्रीकृष्ण सत्यभामा, गरुड़ और सुदर्शन चक्र का घमंड दूर न करते तो परमात्मा के निकट रह नहीं सकते थे और परमात्मा के निकट रह ही वह सकता है, जो 'मैं' और 'मेरी' से रहित है।

❑

41

अहंकार इनसान का शत्रु

सत्ता का घमंड जब इनसान के सिर पर चढ़ जाता है तो इसका परिणाम बहुत घातक होता है। अहंकार इनसान का शत्रु होता है, कभी भी किसी भी इनसान को अपने पद, प्रतिष्ठा या धन का घमंड नहीं करना चाहिए। शास्त्रों में ये बताया गया है कि जिस व्यक्ति ने भी अहंकार किया, उसका सिर हमेशा सबके सामने नीचा हुआ। रामायण और महाभारत तो इसकी चीख-चीखकर गवाही देते हैं। आइए आपको इनके कुछ ऐसे ही पात्रों के बारे में बताते हैं, जो सत्ता के नशे के कारण विनाश के ऐसे मार्ग पर चलें, जहाँ पहुँचकर मृत्यु के बाद ही उन्हें मुक्ति मिली।

रावण—कहते हैं, महापराक्रमी रावण का भय देवताओं को भी सताता था, ग्रह-नक्षत्र भी उसकी आज्ञा के बिना परिवर्तित नहीं होते थे। वेदों के ज्ञाता, महापंडित रावण के अंत का कारण बना उसका अहंकार। रावण अपनी सत्ता के घमंड में इतना चूर हो गया कि उसने इसका दुरुपयोग करना शुरू कर दिया और अंत में विभीषण को छोड़कर उसके साथ उसके पूरे कुल का नाश हुआ।

कंस—भगवान् कृष्ण का मामा कंस, उसने अपने पिता को बंदी बनाकर मथुरा का राज्य हासिल किया और सत्ता हाथ में आते ही मासूम लोगों पर अत्याचार करना प्रारंभ कर दिया। जब उसका अत्याचार बहुत

अधिक बढ़ गया तो श्रीकृष्ण को उसका वध करना पड़ा।

बालि—बालि बहुत ही पराक्रमी वानर था, लेकिन उसने सत्ता के मद में चूर होकर उसने अपने ही भाई को राज्य से बाहर निकाल दिया। इसके बाद भी उसका अहंकार और आतंक कम नहीं हुआ, अंत में भगवान् राम को उसका वध करना पड़ा।

दुर्योधन—दुर्योधन पर सत्ता का नशा ऐसा चढ़ा कि इसके लिए महाभारत का युद्ध हुआ, इस युद्ध में जो विनाश हुआ, इसकी भरपाई आज तक नहीं हो पाई है। उसका अहंकार ही उसे रणभूमि तक ले पहुँचा, इस युद्ध के बाद भी उसे सत्ता नहीं मिली, बल्कि प्राणों से हाथ धोने पड़े।

एक बार की बात है, दैत्यराज रावण ने भगवान् भोलेनाथ को प्रसन्न करने के लिए अपने शीश काट-काटकर यज्ञवेदी में चढ़ाने प्रारंभ कर दिए। भोलेनाथ ने प्रसन्न होकर उसे परम बलशाली होने का वरदान दे दिया। जिससे देवताओं के मन में भय समा गया। उन्होंने देवर्षि नारद से सहायता की प्रार्थना की।

एक बार की बात है, दैत्यराज रावण ने भगवान् भोलेनाथ को प्रसन्न करने के लिए अपने शीश काट-काटकर यज्ञवेदी में चढ़ाने प्रारंभ कर दिए। भोलेनाथ ने प्रसन्न होकर उसे परम बलशाली होने का वरदान दे दिया। जिससे देवताओं के मन में भय समा गया। उन्होंने देवर्षि नारद से सहायता की प्रार्थना की।

देवर्षि ने देवताओं को आश्वस्त किया कि "वर पाकर रावण अवश्य अहंकारी हो जाएगा। अंततः उसका अहंकार ही उसे नष्ट कर देगा।"

इसके पश्चात् देवर्षि नारद रावण के समक्ष पहुँचे और हँसते हुए बोले, "दैत्यराज! आपने धतूरा खाने वाले भोलेशंकर पर विश्वास कैसे कर लिया? धतूरे के मद में उन्होंने आपको वरदान दे दिया और आपने

मान लिया। क्या आपने अपने वरदान की परीक्षा ली?"

रावण सोचने लगा, "नारद ने बहुत उत्तम बात कही है। मुझे वरदान की परीक्षा अवश्य करनी चाहिए।" उसमें अहंकार उत्पन्न हो चुका था। वरदान की परीक्षा के लिए वह शिवजी के आश्रय कैलाश पर्वत पर पहुँचा और उसे अपने हाथों से उठाने लगा।

कैलाश को हिलता-डुलता देख भोलेनाथ समझ गए कि रावण को अहंकार ने घेर लिया है और उनके द्वारा दी गई शक्ति का उन्हीं पर प्रयोग कर रहा है। उन्होंने अपने पैर के अँगूठे से कैलाश को दबा दिया, जिससे रावण को पसीना आने लगा। उसके क्षमा माँगने पर भोलेशंकर ने कहा, "मूर्ख रावण! तुम्हें परम बलशाली होने का वरदान दूसरों की भलाई के लिए दिया गया था। लेकिन शक्ति प्राप्त कर तुम अहंकार से भर गए।"

जब मनुष्य कुछ प्राप्त कर लेता है, जैसे—धन, उच्च पद अथवा अन्य कोई कीमती वस्तु; जो उसे अन्य लोगों से अलग प्रस्तुत करती हो; तब कुछ लोगों को अहंकार घेर लेता है। जैसा कि रावण के साथ हुआ। बहुत कम लोग ऐसे होते हैं, जो अहंकाररूपी दुर्गुण से बच पाते हैं, वरना कमोबेश सभी में थोड़ी-बहुत मात्रा में यह पाया जाता है। अहंकार की भावना आने पर मनुष्य की बुद्धि नष्ट हो जाती है, क्योंकि बुद्धि के नष्ट होने पर ही उसे अहंकार घेरता है। यदि बुद्धि स्थिर होगी तो मनुष्य इस दुर्गुण से दूर ही रहेंगे।

❑

42

अहंकार का नशा तेजाब की तरह

कई तरह के नशे इनसान अनेक माध्यमों से पा लेता है, लेकिन एक नशा है, जो अपने हो जाता है। इसका मनुष्य को पता भी नहीं चलता। यह नशा है—अहंकार का। लेकिन अंतिम समय में जब माटी में मिलने की तैयारी होती है, तब उसकी सिट्टी-पिट्टी गुम हो जाती है। सारा अहंकार काफूर हो जाता है। वह अपने बुरे कामों के लिए पश्चात्ताप करता है।

अहंकार बड़े-बड़े राजाओं को हुआ। ऋषियों-मनीषियों को हुआ। साधारण इनसान को तो जरा सी बात का अहंकार हो जाता है। नशे की चीजों द्वारा किया गया नशा तो कुछ घंटे बाद उतर जाता है, लेकिन अहंकार का नशा अंतिम समय में ही उतरता है। लेकिन तब तक बहुत देर हो चुकी होती है।

असल में अहंकार एक ऐसा चोर है, जो चुपके से आता है। वह मनुष्य का आनंद, उसकी समझ, उसका ज्ञान, सबकुछ चुरा लेता है। यह जिंदगी भर दीमक की तरह खाता रहता है। जैसे—तेजाब को किसी बरतन में रखो तो वह उसे ही खा जाता है, वैसे ही अहंकार का नशा जीवन रूपी बरतन को खा जाता है।

हिरण्यकश्यप और रावण जैसों को अहंकार हुआ और ऐसा अंत मिला। महाभारत के संग्राम का कारण अहंकार था। आज बड़े-बड़े देशों में तनाव क्यों है—सिर्फ अहंकार के कारण। जिस प्रकार हवा के झोंके से उड़ता हुआ कोई सूखा पत्ता यह गर्व करता है कि मैं उड़ रहा हूँ, लेकिन ज्यों ही वह जमीन पर गिरता है तो उसे महसूस होता है कि उसकी भला क्या औकात है उड़ने की। इसी तरह मनुष्य की स्थिति है; अहंकार के नशे में वह भूल जाता है कि उसके पास अपना बल नहीं है। कोई अलग चेतन शक्ति है, जिसके कारण उसका अस्तित्व है। फिर आखिर कैसे टूटेगा अहंकार का नशा? क्या अंतिम काल तक प्रतीक्षा करनी होगी? लेकिन फिर तो कोई लाभ नहीं। तब तो जीवन ही समाप्त हो जाना है। फायदा तो तब है, जब जीते-जी इस अहंकार से मनुष्य को मुक्ति मिल जाए।

इनसान को अगर अहंकार के नशे से छुटकारा पाना है तो सबसे पहले निर्णय लेना होगा कि अहंकार से बचूँ। संत-महात्मा कहते हैं कि जीवन में ज्ञान का प्रकाश होना बहुत जरूरी है, उसी से अज्ञानता के अंधकार का नाश होगा।

इनसान को अगर अहंकार के नशे से छुटकारा पाना है तो सबसे पहले निर्णय लेना होगा कि अहंकार से बचूँ। संत-महात्मा कहते हैं कि जीवन में ज्ञान का प्रकाश होना बहुत जरूरी है, उसी से अज्ञानता के अंधकार का नाश होगा। वे अहंकार को भी एक तरह का अज्ञान ही मानते हैं। लेकिन ज्ञान क्या है ? इसका प्रकाश कैसा होता है ? वे बताते हैं कि मृत्यु का ज्ञान ही ज्ञान है। मृत्यु का ज्ञान होते ही अहंकार रूपी चोर का पलायन हो जाएगा।

किसी गाँव के किनारे बहती नदी में एक मेढक रहता था। वह एक विशालाकार मेढक था और उसे अपने आकार पर वह बहुत गर्व

था। अन्य सभी मेढक उससे डरते थे और उस डर की वजह से उसका बड़ा सम्मान करते थे। मेढक ने उस नदी को अपना साम्राज्य बना लिया था और खुद को वहाँ का राजा। अब वो शान से सब पर रोब जमाता और नदी पर राज करने लगा।

एक किसान नदी के किनारे अपनी खेती करता था। उस किसान के पास एक बैल था, जिसने सारा जीवन किसान के लिए कड़ी मेहनत की थी। खेतों में हल चलाने में मदद करना, पुरानी लकड़ी की गाड़ी में जुतकर किसान की फसलों को बाजार ले जाना। लेकिन अब बैल बूढ़ा हो रहा था। अब उसमें कड़ी मेहनत करने की ताकत नहीं रह गई थी।

किसान को अपने बूढ़े बैल से बहुत प्यार था और वर्षों से की गई सेवा के लिए उसका आभारी था। इसलिए एक दिन किसान ने उस बैल से काम कराना बंद कर दिया। बस अब क्या था, बैल ने सोचा अब तो मजे से सारा दिन नदी किनारे लगी घास खाऊँगा और किसी पेड़ के नीचे बैठ आराम से अपने बुढ़ापे के दिन बिताऊँगा। अगले दिन बैल टहलता हुआ नदी किनारे पहुँचा और हरी नरम घास चरने लगा। कुछ देर बाद जब पेट भर गया तो नदी से पानी पीकर आराम करने एक पेड़ के नीचे बैठ गया।

बैल को देख डरकर छोटी-छोटी तितलियों और मधुमक्खियों ने वहाँ से भाग जाना ही उचित समझा। उसकी लंबी सी पूँछ, सिर पर लगे सींग, विशाल शरीर देख उनका डरना स्वाभाविक था। उन्होंने कभी भी बैल जैसे बड़े प्राणी को नहीं देखा था। उनके लिए तो नदी का मेढक राजा ही सबसे बड़ा प्राणी था।

बैल को देख डरकर छोटी–छोटी तितलियों और मधुमक्खियों ने वहाँ से भाग जाना ही उचित समझा। उसकी लंबी सी पूँछ, सिर पर

लगे सींग, विशाल शरीर देख उनका डरना स्वाभाविक था। उन्होंने कभी भी बैल जैसे बड़े प्राणी को नहीं देखा था। उनके लिए तो नदी का मेढक राजा ही सबसे बड़ा प्राणी था।

कुछ ही देर में नदी के निकटवर्ती पूरे प्राणियों में एक विशाल राक्षस के आने की खबर फैल गई। आखिर, ये बात मेढक राजा के कान में भी पड़ गई।

उसने नदी के सब प्राणियों को बुलाया और पूछा, "क्या बात है, जो इतना डर रहे हो?"

सबने बताया कि "एक विशाल प्राणी अब नदी पर रहने आ गया है। इतना बड़ा, जो आपने कभी देखा नहीं होगा। उसके सिर पर दो विशाल घुमावदार सींग हैं और एक पूँछ इतनी लंबी और इतनी मजबूत है कि एक झटके में हम सबको दूर फेंकने के लिए पर्याप्त है!"

मेढक ने उनके एक शब्द पर भी विश्वास नहीं किया और जोर से हँसते हुए बोला, "तुम्हारा यह राक्षस मेरे जितना बड़ा नहीं हो सकता। सींग और एक पूँछ वाला मेरी लंबी-चिपचिपी जीभ की तुलना में अधिक भयभीत नहीं हो सकता।"

कोई भी प्राणी उससे बड़ा कैसे हो सकता है? क्या वह दुनिया का सबसे बड़ा, सबसे शानदार मेढक नहीं था? तभी नदी के जीवों में भगदड़ मच गई और सब इधर-उधर भागने लगे। मेढक ने देखा कि एक बूढ़ा बैल नदी से पानी पी रहा था। पानी पीकर बैल कुछ देर बाद

कोई भी प्राणी उससे बड़ा कैसे हो सकता है? क्या वह दुनिया का सबसे बड़ा, सबसे शानदार मेढक नहीं था? तभी नदी के जीवों में भगदड़ मच गई और सब इधर-उधर भागने लगे। मेढक ने देखा कि एक बूढ़ा बैल नदी से पानी पी रहा था। पानी पीकर बैल कुछ देर बाद वहाँ से चला गया।

वहाँ से चला गया।

बैल के जाते ही मेढक के मन में आया कि कहीं नदी के सारे जीव उससे डरना बंद न कर दें। कहीं उसे राजा समझना बंद न कर दें। बस यही सोचकर उसने सभी जीवों की एक बैठक बुलाई।

"अरे, तुम उस बूढ़े बैल को राक्षस समझकर फालतू ही डर रहे हो। वो मेरा क्या मुकाबले करेगा।"

सब जीवों ने मिलकर कहा, "मेढक राजा! क्या आपने देखा कि वह कितना बड़ा है?"

मेढक ने डींग हाँकी, "बड़ा? तुम उसे बड़ा कहते हो? यदि मैं चाहूँ तो उससे दुगना बड़ा हो सकता हूँ!" और उसने एक गहरी साँस ली और अपना सीना फुला लिया।

"अब बताओ, क्या मैं अब उतना बड़ा नहीं हूँ?"

"अरे नहीं, मेढक राजा, अभी तक नहीं!" सब एक साथ बोल उठे, "राक्षस आपसे बहुत बड़ा दिखता है।"

"ठीक है फिर, मुझे देखो।"

अब मेढक ने पहले से भी ज्यादा गहरी साँस ली, घबराहट और साँस फूलने से आवाज तक नहीं निकल पा रही थी। फिर भी हिम्मत कर पूछा, "अब तो उससे बड़ा होना चाहिए।"

"अभी नहीं मेढक राजा। राक्षस बहुत बड़ा है।"

हालाँकि उसकी त्वचा तंग और फैल चुकी थी, बैठना मुश्किल होने लगा था। साँस रोकने की वजह से उसके गाल इतने फूले हुए थे कि आँखें बंद हो चुकी थीं और वो लगभग अंधा हो गया था। वह मुश्किल से अपने विशाल पेट को देख सकता था। उसे यकीन था कि वह कम-से-कम अब तक तो बैल जितना बड़ा हो गया होगा।

मेढक को शर्मिंदगी महसूस होने लगी। उसने एक और प्रयास करने का फैसला किया। अपने सबसे बड़े होने के अहंकार पर होती

चोट देख उसने एक और गहरी साँस ली। जितनी भी हवा वो अपने में भर सकता था, उसने भरी। और देखते-ही-देखते वो बढ़ने लगा। सब हैरान हो उसकी तरफ मुँह खोले देखने लगे।

तभी एक तेज धमाके की आवाज आई, धम्म! मेढक फट गया था! और, अपने झूठे अहंकार में मेढक ने अपनी जान गँवा दी।

□□□